황산강

황산강

초판 1쇄 인쇄일 2022년 11월 25일
초판 1쇄 발행일 2022년 12월 10일

지은이 문학철
펴낸이 양옥매
디자인 송다희 표지혜

펴낸곳 도서출판 책과나무
출판등록 제2012-000376
주소 서울특별시 마포구 방울내로 79 이노빌딩 302호
대표전화 02.372.1537 **팩스** 02.372.1538
이메일 booknamu2007@naver.com
홈페이지 www.booknamu.com
ISBN 979-11-6752-224-5 (03810)

현실과 소설을 관통한

황산강

폭력의 굴레

문학철 장편소설

책과나무

책을 내며

　박후남(김유나), 허명자(엄민아)를 비롯한 『황산강』속 인물들이 세상에 나오고 싶은 마음이 참 간절했던 모양이다. 그들이 몇 달 동안, 마침내 선녀가 무상(無常)을 벗고 항상(恒常)으로 건너간 그 시기 내 마음과 손을 빌렸다. 그 기간에 나는 5인실 좁은 간이침대에서 먹고 자며 항암제 부작용으로 손바닥, 발바닥이 얇아진 선녀를 업어서 화장실을 들락거렸다. 공동화장실에서 선녀를 씻겨주었다. 그 사이사이 노트북을 끼고 앉아 『황산강』속 주인공들을 어둠 속에서 불러내었다. 아니 그들이 내 마음과 손을 빌려 노트북 속으로 나왔다.

　그들과 이야기를 나누고 있는 나를 무상(無常)의 선녀는 좁은 병실 침대에 앉거나 누워서 깊은 눈으로 건너보는 것을 좋아했다.

　그렇게 불러낸 인물들이 내 노트북 속에 갇혀서 세상으로 나오지 못했다.

여러 출판사를 기웃거리다가 마침내 '책과나무'를 통해서 우리 사는 세상으로 나온다. 내 마음과 손을 빌리고, 항상에 든 선녀의 후원을 입은『황산강』속 인물들이 빛의 세계로 나온다. 산다는 게 다 아픈 것이지만 참으로 아팠던『황산강』속 인물들이 아픔을 이겨내며 우리 사는 세상 사람들과 소통하며 살아가면 좋겠다.

이 깊은 밤, 거실에 있는 항상(恒常)에 든 선녀가 여전히 환하게 웃으며 건너보고 있다. 아니, 웃음 띤 목소리로 이 글을 쓰고 있는 나에게 '에구, 영감아. 그만 들어가서 자.' 한다.

2022년 11월
문학철

황산강

현대와 서사 속 공간. 한반도에서 압록강 다음으로 긴 강인 낙동강의 옛 이름이다. 황산강(荒山江)은 가야와 국경을 이루던 신라 변방의 거친 강을 뜻하기도 한다. 경남 양산에 '황산공원', '황산베랑길' 등에 옛 이름의 흔적이 남아 있다.

소설 황산강 지도

원리
⑥
⑧
범내(원동천)
⑦
원동초
원동역
경부선 철도
황 서룡들
산
강
토교
⑤

토곡산
화제리
②
대발각단
①
명언리
작은오봉산
오봉산
④ 물금리
용화사
⑯   메깃들
⑩
⑰
⑭
⑱
③
양산읍
⑮
교리
⑪
향교
다방리
⑨
다방천   사밧재
동래
양산천   가산리
⑬
금정산
김해
천성산
법기리

1) 아수라장
① 냉거랑다리   ② 외화마을   ③ 내화마을
④ 물금초   ⑤ 베랑길

2) 코피
⑥ 범보   ⑦ 원동 장터   ⑧ 애기소

3) 모순
⑨ 돌틈이   ⑩ 물금역   ⑪ 양산경찰서

4) 내 속에 하나의 우주
⑫ 산서동   ⑬ 갯목, 백접장댁   ⑭ 숲마을, 들마을, 모랫등마을

5) 더덕 냄새
⑭ 숲마을, 들마을, 모랫등마을   ⑮ 읍내 목화창고   ⑯ 물금 목화창고

6) 한없이 가벼운 붉은 사랑
④ 물금초   ⑤ 베랑길   ⑰ (철도)관사   ⑱ 팽나무

등장인물

1. 아수라장

- 조아라(고2, 양수연) – 담임인 강스 쌤이 지어주고 동급생들이 부르는 별명이 칼장(카리스마 반장)이다. 아이돌이 교실에 들어온 듯한 외모에 공부까지 잘한다. 그러나 재수해서 고등학교로 진학한 아픔을 지니고 있다. 수업을 방해하는 동급생을 달래서 도서실에 있게 하고 교실로 오다가 소설 속으로 빠진다.

- 양수연(조아라) – 양 접장의 하나뿐인 손녀다. 허석을 사랑한다.

- 허석 – 허 진사의 막내 증손자이며 양수연의 오빠인 수철의 친구다. 피부가 희고 윤곽이 뚜렷하며 새까만 곱슬머리에 키와 체격이 좋아서 어려서부터 사내답다는 말을 많이 들었다. 유학 중 일제의 학도병 모집을 피해서 잠적하고 광복 후에는 농민운동에 투신한다. 오랜 잠적 생활로 힘겨워한다.

- 소설 속 배경
  김정한 소설 '수라도(修羅道)'(1969/6《月刊文學》제8호에 발표)

2. 코피

- 고정식(고2, 송종우) – 배구부 2학년 대표로 1학년 배
  구부원들을 지도하다가 배구공에 맞아 소설 속 세계
  로 들어간다.

- 송종우(고정식) – 소작인 송또줄의 아들이다. 사음(마
  름)의 손녀인 후지코를 사랑한다.

- 후지코[富子] – 사음(마름) 쇠다리주사(김 주사)의 손
  녀다. 송종우와 사랑을 나누었지만, 부산포에서 상회
  하는 집 아들과 혼인하고 일본으로 유학을 떠난다.

- 소설 속 배경
  김정한 소설 '그물 罠'(1932/12《文學建設》창간호 발표)

3. 모순

- 최고운(고2, 이만중) – 수학 모의고사 성적 한 등급 올
  리라는 아버지의 체벌을 겸한 압박에 힘들어한다. 한
  국전쟁 때 인민군 치하에서 군인민위원장을 수행한
  증조할아버지가 가족, 이웃이 지켜보는 현장에서 국
  군 선발대에 의해 즉결 처형된다. 할아버지와 아버지
  는 '멀쩡한 사람을 가족과 이웃이 보고 있는 곳에서 죽
  여야 했던 국군 선발 대장도 피해자'라며 철저한 반공
  주의자가 된다.

- 이만중(최고운) – 형 이만줄이 농민운동에 관여하다가 일본인 경찰서장 총에 현장에서 죽었다. 그리고 아버지도 일본 경찰의 고문 후유증으로 일찍 죽었다. 멀쩡한 사람을 죽여야 했던 일본인 경찰서장도 피해자라며 이만중은 철저한 친일파가 되어 농민운동가, 사회주의자를 증오한다.

- 소설 속 배경

  김정한 소설, '길벗'(1948/10《衆聲》제7호에 발표)

4. 내 속에 하나의 우주

- 김유나(고2, 박후남) – 아버지의 의처증과 폭력 때문에 어머니가 가출했다. 동생만 데리고 가출한 엄마를 원망한다. 아버지가 술만 먹고 오면 나를 폭행한다.

- 박후남(김유나) – 소작농 4녀 1남의 셋째 딸이다. 갯목에 사는 지주 아들인 백상덕을 연모하지만, 정신대를 피해서 백상덕의 진외가 아재인 송대복의 아내가 된다.

- 백상덕 – 갯목 지주의 손자. 서울 유학 중 학도병 모집을 피해서 진외가인 법기마을 박후남 시집에 며칠 머문다.

- 소설 속 배경

  김정한 소설, '사밧재' 발표 (1971/4《現代文學》제196호 발표)

5. 더덕 냄새

- **박초롱**(고2 박춘식) – 수행평가 과제 수행 중에 방에서 거실로 나오다 소설 속으로 빠진다.

- **박춘식**(박초롱) – 황산강 하구 모랫등마을 소작인 아들이다. 보도연맹원(보련)으로 한국전쟁 중 '깊은골'에 묻힌다.

- **소설 속 배경**
  김정한 소설, '산서동 뒷이야기'(1971/9《創造》창간호 발표)

6. 한없이 가벼운 붉은 사랑

- **엄민아**(고2, 허명자) – 아버지의 가정폭력 때문에 어머니가 가출했다. 아버지가 집문서를 훔쳐 가서 새살림을 차리고 할머니와 아들딸을 돌보지 않는다. 할머니와 옥탑방에 살고 있다.

- **허명자**(엄민아) – 아버지가 철도원이다. 오빠가 경찰이다. 백상덕을 연모한다.

- **소설 속 배경**
  조갑상 소설, '병산읍지 편찬 약사'(2016/여름《창작과비평》여름호 발표)

차
례

아
수
라
장

완전 왕짜증이다.

감당도 못 할 저런 폭탄은 왜 건드리는지 모르겠다. 건드렸더라도 '감당 못 하겠다.' 싶으면 그때라도 한 발짝 물러서야지. 있제 쌤은 운전하면서 후진할 줄도 몰라. 운전에서 후진이 얼마나 중요한 기술인데.

"김현중, 일어나라."

"아, 씨X 좀 내비둬요."

"뭐? 아, 씨X? 당장 안 일나나!"

나도 솔직히 좀 무섭다. 하지만 끼어들어야 할 때다. 현중이 녀석 꼭지 돌면 큰일 벌어진다. 저 사이에 끼려니 솔직히 겁이 났다. 저 덩치에, 저 성깔에, 그렇더라도 정말 꼭지가 확 돌지 않았다면 조금은 물러서 주겠지.

분위기도 모르는 있제 쌤은 내 고마운 줄 알라나. 건방지게 끼어드는 날 미워하지 않으면 고맙지 뭐.

"너, 수업 마치고 학년실로 따라와."

"아, 돌겠네."

쌤보다 머리 하나는 더 크고 몸무게는 두 배가 확실히 더 나갈 현중이 녀석이나 아담한 있제 쌤이나 둘 다 꼭지가 돌려고 한다.

둘 사이에 슬쩍 끼어들었다. 먼저 쌤한테 고개를 숙였다. 최대한 겸손하고 부드럽게,

"저, 쌤."

쌤에게 눈짓으로 양해를 구하고 돌아서서 현중이를 보았다. 살짝 미안한 표정을 지으며 또 최대한 부드럽게 현중이에게 말했다.

"현중아! 앉아 봐라."

"쌤이 나더러 일나라 안 카나."

내게 돌아온 건 짜증이 가득 묻어 있는 소리다. 곧 터지겠다.

"그래. 됐다. 그럼 앉지 말고 나하고 좀 나가자."

쌤에게 정말 미안하다는 표정을 짓고,

"쌤. 죄송합니다."

현중이 소매를 잡고 교실 밖으로 나왔다.

"이 손 놔라."

"아, 미안. 도서관에 잠깐 가보자."

도서부 부장이라 도서실 사용이 자유롭다. 수업 중이라

도서관은 비어 있었다. 비밀번호를 누르고 안으로 들어갔다. 도서관 열람실 가운데 있는 길쭉한 소파에 현중이 녀석이 털썩 앉더니 팔걸이에 머리를 대고 벌러덩 누웠다.

"야, 조아라. 너 칼장(카리스마 반장)이라고, 나대지 마라. 내가 니한테 쫄아서 여기 온 거 아이다."

칼장(카리스마 반장)이란 별명을 지어 준 건 담임 강스(강스파이크) 쌤이다. 내가 동급생들보다 한 살 많고 성적도 젤 좋아서 친구들이 내게 한 걸음 양보해주는 걸 그렇게 부른 것이다.

"안다. 존중해 줘서 고맙다."

"놀리나?"

"아이다. 진심이다. 현중이 니가 교실에서 따라 나와 주지 않았다면 쌤이나, 친구들한테 어쨌겠나. 내 입장이."

현중이 녀석이 별안간 벌떡 일어나서 날 내려다본다. 이럴 때 눈 맞추며 기 세웠다가는 꼭지 돌 게 틀림없다. 져주어야 한다.

김현중은 처음 입학했던 고등학교에서 사고치고 자퇴했다. (나는 특목고가 맞지 않아 자퇴했다. 하긴 지난번 학교가 맞지 않았던 점은 같다.)

우리 둘 다 자퇴 후 새로 시험을 쳐서 지금 우리 학교로 입학했으니 나이가 같다.

"내 여기서 잠깐 자고 갈 끼다."

"그래, 쉬는 시간에 올게. 그때까지 자라."

나와서 도서관 문을 잠그는데 알 수 없는 현기증 같은 것이 올라왔다. 문손잡이를 잡고 도서관 강화유리문에 잠시 이마를 기대었다.

—

보리 수확이 끝나고 모내기까지 끝났다. 마을 사람들이 삼밭에서 삼(대마)을 쪄냈다. 쪄낸 삼을 대밭각단 아래 있는 양 접장 집 뒤쪽 담장 너머 삼솥으로 옮겼다.

아침나절 내도록 계속 불 때는 연기가 담장을 넘어왔다.

좀 전부터는 사람들 소리가 계속 와자지껄 이어졌다. 불에 단 돌 위에 물을 부어 치직거리는 소리가 들렸다. 잇달아 물씬물씬 허연 연기가 구름처럼 솟구쳤다.

이어서 삼 찌는 쌉싸름한 냄새가 담을 넘었다. 소여물 익는 냄새에, 쌉싸름하고 아릿한 향이 진하게 섞인 삼 찌는 냄새가 양 접장 집안을 가득 채우고 아래쪽 솔밭으로 흘러갔다.

전날부터 양 접장 집 머슴 한돌이랑 대밭마을 어른들이 집 뒤 삼밭 아래쪽에 삼솥을 건다고 했다. 양 접장 집에 하나밖에 없는 손녀 일곱 살 수연이는 제 키로 두 길은 되게 자란, 저렇게 키 큰 삼을 찔 솥 크기를 상상했다.

그리고 넓은 삼밭 가득 빽빽하게 자란 저 많은 삼을 몇 번이나 나누어 넣어 쪄야 할까를 손가락으로 헤아려 봤다. 양손으로 헤아릴 수가 없었다. 어린 수연이가 본 무쇠솥 가운데 가장 큰 게 쇠죽 끓이는 가마솥이었기 때문이다.

그런데 알고 보니 삼 찌는 솥은 무쇠가 아니었다.

집 뒤 조금 경사진 자갈밭 아래쪽 돌과 흙을 걷어내자 방 구들 같은 것이 나왔다. 무너진 곳, 흙으로 메인 곳을 고쳤다. 그 위에 걷어낸 것들을 골라서 돌들로 두껍게 덮었다.

구들 높이가 높아서 일곱 살 수연이 같으면 고개 숙이지 않고도 얼마든지 아궁이 속으로 걸어 들어갈 수 있을 것 같았다. 어른들이 고래 안쪽까지 앉은걸음으로 들어가 참나무 장작을 얼기설기 성글게 쌓았다.

그리고 보니 구들 끝 쪽에는 새로 돌로 쌓아 고친 굴뚝도 있었다. 이것들을 삼솥이라 했다.

해마다 삼솥을 걸었다는데 수연이가 본 것은 이번이 처음이다. 작년에도 했던 일이라지만 일곱 살 수연이에게 전혀 기억에 없는 일이었다.

아침부터 그 삼솥에 불을 세차게 땠다. 밭에서 쪄 온 삼 단을 삼솥에 빽빽하게 채워 세우고 둘레를 새끼로 묶었다. 그리고 바깥에 이엉과 멍석 같은 것으로 두껍게 둘렀다. 돌로 쌓은 굴뚝 위로 연기가 뭉게뭉게 치솟았다. 나중엔 벌건 불길이 굴뚝 위로 솟구쳤다.

삼단 밑에 구들돌과 구들돌 위에 얹어 둔 돌들이 알맞게 달아올랐는지 몇 번이나 시침돌을 꺼내어 확인했다. 시침돌이 적당하게 달아올랐을 때 삼솥 위에 물을 들이부었다. 허연 연기가 구름처럼 솟구쳤다. 준비해 두었던 멍석이랑 가마니, 털어둔 삼잎으로 위쪽을 꽉 덮었다.

그 위로 물을 부을 때마다 허연 구름 같은 연기가 물씬물씬 솟구쳤다. 연기가 수연이 집 마당을 채우고 넘쳐서 아래쪽 솔숲을 거쳐 화제천을 따라 흘러내려 갔다. 소여물 익는 냄새에 톡 쏘는 듯한 연기 냄새가 섞인 쌉싸름하고 아릿한 냄새였다.

외화마을 뒷산 산그늘이 늘어지고 있었다.

"애씨는 이제 집에 가이소. 이 냄시 마이 맡으만 어지러버요."

"한돌이 아재. 나 안 어지러운데."

"애씨, 아재는 뭔 아재. 그냥 한돌이라고 불러요."

"그렇게 부르면 엄마한테 혼나요."

머슴 한돌이가 수연이더러 집으로 가라고 재촉했다.

약간 몽롱해진 수연이가 열어 둔 동쪽 샛문으로 들어왔다. 마당을 가로질러 남향으로 앉은 본채 앞에 섰다. 대청마루를 한 번 올려본 다음 마당에서 세 층계 위 뜨럭(기단)에 올랐다.

약간 어질했다. '왜 어지럽지?'라며 뜨럭 댓돌 위에 얌전히 고무신을 벗어 놓고 안방 대청마루에 올랐다.

오른쪽엔 대청마루보다 한 자 가량 높은, 난간을 두른 사랑마루가 있다. 사랑마루는 여름철 서당으로 쓸 수 있도록 높고 넓게 지었다. 사랑마루는 특별히 높아서 마루 아래로 웬만한 아이들은 서서 들어갈 수 있었다.

그 사랑마루 아래엔 커다란 무쇠솥이 걸린 아궁이가 있다. 아궁이 옆에 잘 마른 장작이 줄 맞춰 쌓여있다. 대청마루도 시원하게 넓었다. 학동들이 많을 때는 대청마루에 앉아서도 글공부를 했다.

마루 끝 대청 기둥에 기대어 수연이가 멀리 토교나루 쪽을 내려다보았다. 먹물 들인 중우적삼을 입은 오빠 수철이가 책보를 메고 명언마을과 대밭마을 중간쯤에 있는 냉거랑다리를 건너는 모습이 보였다.

벌떡 일어서서 '오빠~'라고 외쳐 부르려고 했다. 수연이가 그랬다면 계집애가 집안에서 큰소리 낸다고 사랑방 할아버지한테 꾸중을 들었을 터였다. 그런데 봄과 복이 말을 듣지 않았다.

오빠 수철이가 대청마루에서 내려다보는 수연이를 본 듯 손을 크게 흔들었다. 수연이가 삼 찌는 쌉싸름한 냄새를 따라 담장을 넘어 날아서 손을 흔드는 오빠에게로 갔다.

나비가 된 것 같았다. 오빠 주위를 날아다녔다. 오빠는 나비처럼 날아다니는 수연이를 알아보지 못했다.

"할아버지, 학교 다녀왔습니다."

"그래, 힘들었제. 손 씻고 들어가 옷 갈아입어라."

"예."

나비처럼 날아다니는 수연이를 오빠도 할아버지도 알아보지 못했다. 날아다니던 수연이가 대청마루에 기대어 있는 수연이 속으로 돌아갔다.

수철이가 마당에서 대청마루를 보니 수연이가 높다란 마루 끝, 대청마루 기둥에 기대어 잠들어 있다.

"수연아, 여기서 자냐! 위험하다. 일나라."

"……."

오빠 목소리는 다 들리는데 몸이 말을 듣지 않았다.

"엄마, 수연이가 이상해. 눈은 떴는데 애가 축 늘어지네."

"삼 찌는 냄시를 넘 많이 맡아 글나? 한숨 자고 나만 괘안을 기다. 건넌방에 델다 눕히라."

아홉 살 수철이가 일곱 살 수연이를 번쩍 안아 들어 작은 방에 눕혔다.

어지럼증이 가라앉았다.

기대고 있던 도서관 강화유리문에서 머리를 떼고 교실로 가려고 눈을 떴는데 낯선 꼬맹이 얼굴이 보였다.

'이 뭐지?'

낯선 꼬맹이가 나를 바닥에 눕히고 베개를 고여 준다.

잠이 몰려왔다.

눈을 뜨니 낯선 방 안이다.

조금 어둡다. 서까래가 드러나 있는 천정엔 한지가 발라져 있다. 창호지를 바른 한옥 완자살창문이 보였다. 벽에도 한지가 발라져 있다. 방바닥도 콩댐한 한지다.

익숙하지 않은 냄새 때문인지 코끝이 간질거려 손으로 코를 만지다 보니 꼬맹이 손이다. 무명적삼에 무명속곳, 무명치마를 입고 있는 꼬맹이가 나였다. 꿈속인 게 틀림없다. 일어나 앉으려고 하는데 심한 현기증이 났다.

머릿속으로 낯선 정보들이 밀려들어 왔다. 대밭마을 양접장 댁 하나밖에 없는 손녀가 나다. 그리고 하나밖에 없는 오빠 아홉 살 수철이가 조금 전에 대청마루 기둥에 기대어 졸고 있던 나를 안아 들어 이 방에 눕혀 주었다.

그럼 고등학교 2학년 '칼장'인 '조아라'는 누굴까?

조아라를 떠올리자 심한 멀미 같은 게 올라왔다. 토할 것 같았다. 억지로 수철이 오빠를 떠올렸다. 조아라에 대한 생각을 밀어냈다. 울렁거림이 가라앉았다.

그런데 이내 고등학생 조아라가 떠올랐다. 다시 멀미가 났다. 울렁증을 견딜 수 없어서 낮에 삼 찌던 장면을 떠올려 조아라를 밀어냈다. 괜찮아졌다.

사랑방으로 엄마가 밥상 차려 내는 소리가 들렸다.

"수연아, 밥 묵자."

안방에서 할매 목소리가 건너왔다. 사랑방에서 할아버지는 독상, 아버지와 오빠는 겸상으로 저녁 진지를 드셨다.

할매와 엄마, 나는 안방에서 도리소반에 둘러앉아 저녁을 먹었다. 쌀보다 보리쌀이 훨씬 많은 거뭇한 보리밥이다. 된장 푼 아욱국, 애호박새우젓볶음, 열무짠지가 다다.

한돌이 아재와 삼월이 아지매는 아래채로 상을 내어가서 먹을 거다. 한돌이 아재는 우리 집 종이었다가 머슴이되었다. 아니 정확하게 말하면 한돌이 아재 부모가 종이었다. 삼월이 아지매 부모도 명언마을 허 진사 댁 가야부인본가 종이었다고 했다.

올봄에 둘이 혼례를 올리고 우리 집 아래채에 살고 있다. 둘 다 새경을 받으며 우리 집 일을 하고 있다.

삼을 찌는 오늘부터 배내마을에서 아지매들 다섯과 처녀 셋이 대밭마을로 삼(대마)일을 하러 왔다. 우리 마을과명언마을, 내화마을에서 일하며 먹고 자고를 보름 넘게 할거라고 했다.

마을 공터에 있는 동구나무(늙은 팽나무) 넓은 그늘에 일터를 만들었다.

한돌이 아재랑 마을 아재들이 삼솥에 찐 후 살짝 겉물기만 말린 삼단을 지고 와서 마을 아지매들과 배내마을에서온 일꾼들에게 나눠주면 한 무리의 일꾼들은 껍질을 벗기고 다른 한 패는 벗긴 껍질을 넘겨받아 겉껍질을 훑어내어 계추리바래기(햇볕에 표백하는 일)로 햇볕에 가져다 널었다.

마을 공터 주변이 삼 속껍질과 껍질 벗긴 대마 속대인 즈릅대로 허옇게 덮였다. 동구나무 아래에는 씁싸름한 삼(대마) 냄새가 아른아른한 달빛처럼 가득 차서 화제천으로 넘쳐흘렀다.

"이 노무 손들, 일하는데 걸치적거린다. 집에 가라."

배내마을에서 온 머리 희끗한 아지매가 손을 내저었지만 아이들은 들은 척도 안했다.

"얼른 안 가나!"

삼단을 지고 온 외화마을 눈딱부리 아재가 눈알을 굴리며 아이들을 쫓아내다가 나를 보고 어색하게 웃었다.

"애씨, 햇살도 그렇고 삼 냄시 땜에 어제처럼 씨러지만 이번엔 저도 혼나요."

한돌이 아재가 미안한 표정으로 웃었다.

"애씨가 삼 냄시가 좋은 갑다."

"하마, 좋지. 저녁에 모깃불 놓을 때 삼닢 넣은 냄시는 정말로 좋지. 우리가 이렇게 힘들게 나와서 한데 잠을 자가며 일해도 좋은 게 그 냄시 때문 아잉가.

애씨, 그때 와서 맡아봐요. 지금은 햇살도 따가운데 집에 가시고."

배내에서 온 아지매들과 마을 아낙들, 할매들이 나를 보고 와자하게 웃었다. 동네 아이들이 모두 쫓겨났다. 날 쫓아낼 사람은 없었지만, 집으로 올라왔다.

삼 째기와 삼 삼기까지는 배내마을 일꾼들과 마을 사람들 공동작업으로 할 거라고 했다.[삼을 삼는 일은 삼 째기 다음 단계로 실을 만드는 작업, 방적(紡績)]

대밭마을 일꾼들에다가 배내마을에서 온 일꾼 여덟 명과 외화마을 일꾼 다섯을 더해서 서른 명 남짓한 남녀 일꾼들 참과 때를 우리 집에서 했다.

삼월이 아지매랑 동네 아지매 서넛이 우리 집 부엌과 헛간에 걸어둔 솥을 오가며 분주했다.

대청마루에 올라서서 내려다보니 마을 공터에서 쫓겨난 아이들이 무리 지어 화제천에서 물고기를 잡고 있었다. 나도 끼고 싶지만, 사내아이들도 있는 저기 갔다가는 할아버지 불호령을 감당할 수 없다.

가만, 그러고 보니 사랑에 할아버지가 안 계신다. 아침나절에 출타하셨다. 그래도 저기에 낄 수는 없다. 별말씀 안 계셨으니 멀리 가시지는 않았을 거다.

명언 마을 석이 오빠네, 허 진사 댁에 가셨을까? 사랑마루에서 바둑 한 수 하시거나 운자를 주고받으며 한시라도 짓고 계실까?

요즘은 고양이 손도 빌린다는 농번기다. 그래서 서당은 한 달째 열지 않고 있다. 실질적으로 서당을 맡은 아버지도 할아버지처럼 요즘 할 일이 없다. 그렇다고 아랫사람들

하는 들일을 거들기도 체통이 서지 않았다.

아버지도 어딘가로 출타했다가 저녁 늦게 오시는 경우가 많았다. 보리 수확부터 시작해서 모내기, 삼밭 일까지 끝나야 서당을 다시 연다.

오늘은 쇼와 8년(1933년) 7월 7일, 음력으로 윤오월 보름이다.

어둑해졌다. 일꾼들은 저녁 먹고 모깃불을 피웠다. 모깃불이 얕게 깔린 마을 공터 동구 나무 아래 일꾼들이 멍석을 깔고 누워 잠시 두런거렸다.

그러나 이내 조용해졌다. 코고는 소리들이 어우러졌다. 삼닢을 넣은 모깃불 향이 마을 공터를 가득 채우고 화제천을 따라 천천히 흘러서 내려갔다.

수철이 오빠가 잦아드는 모깃불 더미에 막대기로 숨구멍을 만들어 모깃불을 살렸다. 그 위에 설마른 삼닢을 흩뿌리는 것처럼 덮었다. 다시 연기가 솟아올랐다.

동쪽 작은오봉산 마루가 훤하게 밝아지더니 불그스레한 얼굴로 보름달이 솟았다.

"이쁜 애씨는 나중에 뭐 할라요?"

배내마을에서 온 아지매다. 누워서 자던 일꾼들이 일어나서 둘씩 셋씩 둘러앉아 두런거리며 낮에 벗겨놓았던 삼껍질 뭉치를 옆에 두고 겉껍질 훑어내기를 하고 있다.

"공부 마이 해서 여슨상님 하믄 조컸다. 구두 신고 양장하믄 이쁜 애씨가 을매나 더 이쁠꼬?"

"여자도 슨상님 할 수 있나?"

"하모. 공부만 마이 하믄 다 할 수 있다."

자기들끼리 나를 이쁜 여선생님으로 만들었다.

—

"칼장 누나.

반장하기 힘들 제? 요즘 참 수고 많아요."

"고맙다. 고운이 니한테 칭찬도 다 듣네."

"누나가 그렇게 말하면 내가 평소엔 나쁜 놈이라는 말이 되잖아요."

"나쁜 놈이 된다는 건 비약이고. 니가 칭찬은 잘 안 하잖아."

"그래, 됐고. 우리 교실, 이래도 될까요? 학교는 공부하러 오는 곳 아니야? 도 쌤[도(道)라는 말을 많이 하는 윤리 쌤] 말대로라면 학교는 학습 능력을 기르는 곳이잖아요."

"그래서?"

최고운이 교실을 한 번 둘러봤다. 자리가 거의 다 비었다. 김현중, 황수민도 보이지 않았다.

"누구는 맨날 오후에 학교에 와서 잠만 자도 괜찮아.

그것보다 더한 건 쉴 새 없이 움직이고 시끄럽게 해서 수업을 방해해도 처벌도 안 받아. 수업 방해하는 애들 교실 뒤에 세워두면 더 시끄럽게 떠들고 장난쳐.

그래서 교실 밖 복도로 내보내던 것마저 그 애들 학습권 때문에 안 된다잖아. 집중해서 공부하려는 학생들 학습권은 뭐가 되는데? 성적으로 반 편성하는 것도 안 되는 일이고."

"꽃으로도 때리지 말라고 하잖아."

반장인 내 옆에 앉아서 판타지 소설을 읽고 있던 엄민아가 평소와 달리 한마디 거들었다.

"공부하려는 애들 학습권 이야기 중이야."

뭔 엉뚱한 소리냐는 듯이 최고운이 야려 보았다.

"내 말은 체벌이 허용되면 다 해결된다는 말이야."

엄민아가 '반어법도 몰라?'라는 표정을 지었다.

"체벌은 결코 허용될 리 없는 거잖아. 정말 나쁜 거고. 그래, 말도 안 되는 해결책이야. 체벌은 정말 나빠. 해결책이 절대로 될 수 없어.

작년에 맨날 수업 방해하는 'ㅇㅇ이 닮지 마라.'라고 했다 해서 언어폭력으로 고발당했지, 아마? 1년 가까이 경찰서랑 검찰청에 불려 다녔을걸. 도(道) 쌤."

"그래, 고운아. 좋은 말이다. 그런데 다른 해결책 있니?"

엄민아가 도발적으로 말을 받아쳤다.

"내가 어떻게 해결책을 찾겠어. 그냥, 칼장 누나가 수고 많다는 말이야. 난 이번 모의고사에서 수리 영역 한 등급 올려야 해. 아빠한테 당한 손바닥 멍, 채 없어지기도 전인데 새 멍으로 칠을 하게 될 거야."

"와~. 대박. 너희 아빠 고2 남학생한테 체벌도 하냐? 진짜 대박이다."

내가 휘둥그레진 눈으로 최고운을 보며 고개를 절레절레 흔들었다.

"내 말이. 우리 아빠는 모순덩어리, 구제 불능이야."

최고운이 책상에 얼굴을 대며 머리를 감쌌다.

"그래도 어쩌겠니. 강스 쌤 말처럼. 민주주의나 인권은 최악을 면하는 방향으로 가는 수밖에 없다잖아."

"그 말이 왜 여기서 나와? 진작에 나왔어야지."

최고운이 머리를 들며 나를 바라본다.

"강스 쌤이 이런 이야기했던 것 기억나지?"

가해자 인권만 보장되고 피해자 인권은 무시되는 현실에 대한 책임이 586세대(이젠 686세대?)에게 있다는 말들을 너무 쉽게 하고 있다. 과연 그런가?

약자의 인권 보장에 억하심정이 있는 기득권 계층에서, 특히 법을 집행하는 사법 측에서 교묘히 인권을 악용하는 사례를 통해서 인권 신장에 브레이커를 거는 짓이라는 생각은 할 수 없을까? 언론과 사법이 한통속이 되어.

학교 현장에서 주어진 인권을 악용하는 일부 학생들이나 학부모가 없지 않다. 그런 학생, 학부모들이 선량한 많은 사람에게 피해를 주는 일이 비교적 자주 일어난다. 그렇다고 하여 체벌을 되살리고, 인권 억압이 정당화되는 세상으로 되돌아가야 할까?

과거의 폭력사회와 폭력 교사가 끼친 해악과 지금 말썽꾸러기 학생이나 학부모가 일으키는 해악을 비교할 때 어느 것이 정말 심각한 문제일까? 입장이나 처지에 따라 전혀 다른 답이 나올 수 있다.

세상에 순기능만 하는 제도는 없다. 나는 폭력 사회와 폭력 교사가 끼치는 해악이 훨씬 크다고 생각한다. 방향이 옳다면 당장 난관이 가로막고 있더라도 헤쳐 나가야 한다. 약간 돌아가더라도 올바른 방향으로 나가야 한다. 지엽적인 문제가 있다고 해서 원점으로 되돌아가자 하고, 지금까지 헤쳐 온 것을 부정해서는 악질적 세력에게 이용만 당하는 것이다.

민주주의나 인권 신장 문제는 얼마간의 부작용이 있다 하더라도 최악을 피해서 조금씩 올바른 방향으로 개선해 나가야 한다.

거듭 말하지만, 민주주의는 최선을 찾는 것이 아니라 최악을 면할 수 있는 제도다. 선한 통치자의 선심을 기대하는 것이 아니다. 최악의 통치자가 지옥을 불러오는 것을 막는 제도다.

"이야! 삐돌이와 범생이들! 무슨 역적모의 하냐?"

방금 이야기 속 주인공 황수민이 기습적으로 최고운 머리를 헝클어트렸다.

자신이 했던 말을 들었을까 봐 최고운이 찔끔했다. 그래서 머리 만지는 것을 끔찍이 싫어하면서도 화내는 티도 못 냈다.

그래도 수민이는 최고운이가 자신에게 머리 만져졌다고 해까닥 돌까 싶어 얼른 저만큼 제 자리로 달아나 자리에 앉지도 않고 서 있다.

—

전쟁이 났다는 말과 함께 우리 국군이 연전연승한다는 소식이 들렸다. 전승(戰勝) 소식으로 라디오 방송과 신문 지면이 채워졌다.

그러나 전선은 전쟁이 났다는 말과 함께 한 보름 가까이 정체되더니 계속 전쟁에서 이긴다면서 남쪽으로 내려왔다. 수원 부근에서 국군이 크게 이겼다는 소식을 전하고 연전연승 소식이 급속도로 남쪽으로 내려왔다.

신문과 라디오 방송은 언제나 크고 작은 전승 소식뿐이

었다.

　교무실.

　작은 책상 일곱 개를 붙여 놓은 교무과 선생님들 자리다. 그 가운데 보리차 주전자를 내려놓고 내 자리에 앉았다.

　아침이면, 사환 아이가 과별로 보리차 주전자와 잔을 가져다 놓는데 무엇 때문인지 오늘은 결근했다. 교무과에 여선생님은 나 하나뿐이다. 사환 아이가 없는 날이면 이런 일은 여교사인 내 몫이다. 교장실은 따로 있다.

　교무실엔 교감 선생님 포함 선생님들이 스물둘이다. 그리고 교무보조(행정실 직원) 두 명, 사환 한 명, 소사 두 명이다. 스물두 명 선생님 중에 여선생님은 나를 포함하여 세 명이다.

　선생님들은 대부분 젊다.

　학교에서 교장, 교감 선생을 포함해도 8년 차에 접어든 내가 가장 고성력자다. 교감 선생님은 경력이 나보다 이태나 짧지만, 교무실에서 가장 연장자다. 스물네 살인 나보다 다섯 살 많다. 교장 선생님도 나보다 경력은 짧지만 서른세 살이다. 참 젊은 나이에 교감, 교장이 되었다.

　교직원 전체 회의가 끝나고 과별 모임 시간에 나보다 한살 많은 배상돈 교무주임 선생이 내 눈치를 보며 말을 꺼냈다. 석이 오빠 소식을 캐려고 경찰서 정보과에서 며칠 전에도 나를 찾아왔었던 게 생각난 모양이었다.

"읍내 목화창고와 경찰서 유치장에 예비 구속되었던 빨갱이들 있었잖아. 그 빨갱이들 백여 명을 구속 이틀 만인 어제 새벽에 '깊은골'로 끌고 갔대."

"빨갱이가 아니라 '보련(국민보도연맹)' 아냐? 보련이면 반공단체 아닌가? 그들이 왜 빨갱이야?"

배 주임과 동갑인 5학년 2반 담임 이민환 선생이 이상하다는 듯이 말했다.

"보련이 원래 빨갱이들이잖아. 빨갱이들 전향시키려고 만든 단체잖아."

"공산당하고 전혀 관련 없는 사람들이 보련 대부분이라고 들었는데! 정식 공산당원은 거의 한 명도 없다더만. 더구나 빨갱이 타도 데모에 늘 앞장서던 사람들이 그들인데."

"그래, 아무튼 그렇게 끌려간 빨갱이들, 그 후로 어떻게 되었는지 소식이 없데."

"누가 끌고 갔는데? 경찰들?"

"경찰도 몇 명 섞여 있기는 했지만, 청년단과 헌병, 특히, 무슨 특무대라든가, 육군 소속 방첩부대라는 말도 있고. 정확하진 않아.

아무튼 주도는 당연히 가장 끗발 있는 방첩대에서 했겠지."

"소식이 없다는 말은 무슨 말이야?"

배 주임이 내 눈치를 슬쩍 보며 말했다.

"빨갱이들 포승줄로 묶고, 다시 굴비처럼 엮어서 삽이나 괭이, 곡괭이 같은 것 들려서 '깊은골'로 갔다더만. 다 묻어 버린 것 아닐까?"

배 주임의 '다 묻어 버린 것이 아닐까'라는 말에 대밭, 명언, 내화, 지나 마을 몇몇 아재들 얼굴이 떠올랐다. 외화마을 눈딱부리 아재도 '보련'이라는 말을 예전에 들었다.

재판은 아예 없었다. 예비 구속된 사람들은 어떤 문제 행동도 취한 적이 없었다. 그런데 적 편으로 돌아설 가능성이 있다고 해서, 그래서 그 사람들 학살해서 구덩이에 그냥 묻어버렸다. 대전이나 대구 근교인 경산에서는 수천 명을 한 곳에 묻어버렸다는 유언비어가 난무하고 있다.

끔찍한 야만이다. 아니 야만도 그렇지는 않을 것이다. 지옥이다. '설마, 석이 오빠도?' 전신에 소름이 쫙 끼쳤다.

이내 고개를 흔들었다. 석이 오빠는 일제 때 학도병을 피해서 도피했듯이 보련에 가입하지 않으려고 도피 중이었다. 그러니 보련 소집교육에 응했을 리 없다. 경찰의 추적 체포를 피해 사람들 이목에서 완전히 숨은 지 벌써 반년이 훨씬 넘었다. 어디 잘 숨어 지낼 것이다.

광복 한 해 전이었다. 수철이 오빠는 학도병에 끌려가서 반년도 채 안 되어 유골로 돌아왔다. 그때 석이 오빠는 학도병을 피해서 숨어 지내고 있었다.

살아남은 석이 오빠는 광복 후에 좋은 자리로 올라갈 줄 알았다. 사람들은 다 그렇게 말하고 믿었다. 그런데 농민운동을 한다며 돌아다녔다. 파출소로 잡혀가 유치장에 갇힌 적이 여러 번이다. 일제 때 도경 고등부 경보부(형사부장)였던 이와모도 참봉(이천석) 아들은 광복 후 잠시 숨어 지냈다.

그쪽 세상이 끝난 줄 알았다. 그런데 금세 크게 승진해서 중앙에서 고위 경찰이 되었다고 했다. 정말 말도 안 되는 일이었다. 독립운동으로 온갖 고생을 다한 허 진사 댁은 광복 후 형편이 더 기울었다.

아버지는 석이 오빠를 배운 것도 제대로 써먹지 못하는 반거충이라며 몹시 싫어했다. 아버지도 지주인 입장이다. 농민운동을 한다고 경찰에 쫓겨 다니는 지주댁 손자, 석이 오빠가 정말 싫었을 터였다. 엄마는 죽은 수철이 오빠가 떠올라서인지 석이 오빠란 말은 꺼내지도 못하게 했다.

석 달 전이었다. 칠십 명이 넘는 우리 학급 열 살 전후 아이들에게 온종일 시달렸다. 전출입 교무업무까지 하고 집으로 오니 전신이 파김치가 되어 있었다. 그래도 씻고 별채 내 방에서 잠시 눈을 붙였다.

조금 힘이 났다. 안채 부모님은 외가댁 잔치에 갔다. 이제 다섯 살인 늦둥이 수한이 데리고 원동으로 먼저 갔다. 나도 토요일인 내일은 오전 수업 끝나자마자 따라갈 것이다.

여전히 입맛은 없었다. 그래도 내일 수업을 생각해서 안채로 갔다. 엄마가 부엌에 차려둔 밥상을 안방 샛문으로 들고 들어왔다. 아랫목에 묻어둔 밥을 꺼내어 상에 얹었다.

마당에서 기척이 났다. 대문을 잠가 두었다는 것이 생각나면서 등골이 싸했다.

방문을 열지 않고 완자창에 끼워둔 유리로 내다보았다. 어둑살이 내린 안방 앞마당에 헌칠하니 큰 사내가 서 있었다. 눈에 익었다. 잠적했다는 석이 오빠였다.

"너 먹으라고 어머님이 차려둔 상이네. 같이 먹자."

"입맛이 없어, 오빠 먹어."

"너 안 먹으면 나도 못 먹겠다."

오빠가 늘었던 숟가락을 내려놓았다. 나는 쪽문을 통해서 부엌으로 나갔다. 밥솥에 밥이 한 그릇 더 담겨 있었다. 내일 아침밥으로 엄마가 넣어둔 것이다.

내가 들어낸 반 그릇 좀 넘는 밥까지 게 눈 감추듯 반찬까지 싹 다 먹었다. 숨어 다니다 보니 제대로 끼니도 해결하지 못하는 모양이었다. 그리고 보니 눈빛은 더 형형했지만, 그 뚜렷하고 흰한 얼굴이 많이 상했다.

상을 물리고 나니 단둘이 있는 상황이 어색하기만 했다.

"늦둥이 수한이랑 부모님이 계셨다면 어쩌려고 불쑥 나타난 거야?"

"니 외사촌 결혼식 때문에 하루 일찍 간 것 알아보고 왔어."

"대문을 잠가 놓았는데?"

"이렇게 오래 숨어 지내다 보니 도선생이 따로 없어. 월담했지. 별채 뒤쪽 담장이 낮잖아."

"……."

"애들 가르치는 것 힘들지 않아? 요즘 한 반에 칠십 명도 넘는다며? 하긴 넌 목소리가 커서 괜찮을 거야."

"내 목소리가 크다고?"

"와~ 몰랐어? 자기 목소리 큰 줄? 한 번은 니 괌소리에 내가 뒤로 벌렁 나뒹굴었던 적이 있는데!"

"뭔 소리야?"

"너 학교 들어가기 전이었을 거야. 기억 안 나? 개구리 사건?"

석이 오빠는 대여섯 살부터 우리 서당에서 수철이 오빠랑 글공부를 같이 했다. 그때도 수철이 오빠보다 반 뼘쯤은 더 컸다.

수철이 오빠는 나하고 많이 닮았다. 또래보다 늘 키는 조금 큰 편이었지만 남자로서 몸매가 가냘팠다. 뽀얀 얼굴이 예쁘장하다고 할 만큼 곱상했다.

수철이 오빠랑 동갑인 석이 오빠는 새까만 곱슬머리에 눈이 부리부리하고 살빛이 유난히 희었다. 윤곽이 뚜렷뚜렷하고 체격이 컸다. 사내애답다는 말을 많이 들었다. 소학교 입학 후에도 방학 때면 서당에 와서 공부했다.

가끔 메뚜기 같은 것을 잡아와서 내 손에 슬쩍 쥐여 주고는 내가 깜짝 놀라는 것을 좋아했다. 한 번은 살아 있는 개구리를 잡아와서 피하는 내 손에 덥석 쥐여 주었다. 그 바람에 깜짝 놀라 비명을 내질렀다. 내 비명에 석이 오빠가 무엇에 세차게 얻어맞은 듯 뒤로 벌렁 넘어진 적이 있었다.

그 후로 그런 장난을 두 번 다시 하지 않았다. 게다가 내가 소학교에 입학한 후부터는 내외해서 내게 장난치거나 말을 걸지도 않았다.

"그땐 오빠가 정말 개구쟁이였지. 날 놀리는 재미로 살았을 거야."

"아마 철이 없어서 그랬을 거야. 네가 정말 예뻤잖아."

지쳐 상한 얼굴이었지만 백열등 아래 잠시 웃었다. 조금 어둡던 방안이 환하게 밝아졌다. 가지런한 흰 치아가 드러났다.

어린 시절 개구쟁이 표정이 살짝 남아 있었다.

정말로 너무 오래 가물었다. 차라리 태풍이라도 와서 비를 쏟아주었으면 좋겠다고 소원 비는 사람들이 많았다.

마침내 그런 소원이 통했던가 보았다. 정말로 태풍이 왔다. 연달아 왔다. 비가 무지하게, 정말 많이 쏟아졌다. 가뭄 때문에 오지 않았던 비가 한 번에 쏟아지는 것 같았다. 하늘에 구멍이 났다고 했다.

물금소학교에 입학했을 때니 갑술년(1934년) 대홍수였다. 그날 아침에는 계속 오던 비가 잠시 소강상태였다.

그래서 수철이 오빠랑 같이 나섰다. 명언 마을에서 석이 오빠랑 만나 학교로 갔다.

내외한다고 오빠들 둘은 앞서고 나는 조금 뒤져 부지런히 따라갔다. 오빠들이 내가 잘 따라오나 가끔 뒤돌아보며 갔다.

그런데 학교에 닿자마자 비가 다시 쏟아부었다. 천재지변으로 학교 문을 닫는다고 했다. 집으로 오다가 베랑길로 들어서려는데 비가 양동이로 쏟아붓듯이 왔다.

"오빠야. 베랑길 무서워 못 지나가겠다. 산 위에서 폭포처럼 물이 쏟아지는데 지나가려다가는 베랑 아래로 떨어져 죽을 거야."

우산은 쓰나 마나. 치마는 물론 적삼까지 다 젖었다.

추웠다.

내가 새파랗게 얼어 떨었던 모양이다. 오빠들 둘이 날 가운데 두고 바짝 붙어 나를 껴안고 우산으로 가렸다. 시간이 조금 지나자 덜덜 떨리는 추위는 조금 덜했다. 그러나 우리는 여전히 다 젖고 있었다.

멀리 원동 쪽에서 지진처럼 땅이 울리는 소리가 내려왔다. 황산강 물이 급격하게 불어나며 숲마을 나무들이 뿌리째 뽑혀 떠내려갔다. 곧 황산강 둔치에 있는 마을 집들이 쓸려 내려갔다. 연이어 철길이 터졌다. 붉은 물이 해일처럼 읍내 쪽으로 밀려갔다. 황토물이 한순간에 '메깃들'을 쓸어버렸다.

정말 눈에 익은 모습이다. 동일본대지진 쓰나미 같다.

응? 동일본대지진 쓰나미? 뭔 말이지. 어지럼증 속에 오래 잊고 있었던 여고생 꿈이 명멸하는 불빛 속에 드러났다 사라졌다를 반복했다. 어지럼증이 속을 뒤집었다.

하지만 심한 어지럼증만 남기고 내용은 거의 떠오르지도 않았다.

석이 오빠 큰형님이 도롱이에 다 젖은 모습으로 마중을 왔다. 도중에 삿갓은 날아갔다고 했다. 큰오빠 품에 품어 온 따뜻한 꿀물 한 잔을 먹고 나니 떨리던 몸이 좀 진정되었다.

"이제 수연이 시집은 다 갔다. 수연이가 우리 막내 제수씨가 되려나. 석이한테 안겨 있으니."

추워서 떨 때는 몰랐는데 듣고 보니 부끄러웠다.

"하하, 수연이 얼굴 빨개졌구나. 이제 추운 건 좀 낫제?"

큰오빠 놀리는 말에 그때까지도 내게 딱 붙어 서 있던 석이 오빠를 확 떠밀었다. 석이 오빠는 그 허우대를 하고서는 물구덩이에 그만 벌러덩 넘어졌다.

찌부러진 우산을 깔고 물웅덩이에 누운 채로 꼼짝도 안 했다. 석이 오빠가 황당하다는 눈빛으로 날 쳐다봤다. 날 보며 정말 일어날 생각을 안 했다.

"수연아. 네가 일으켜줘야 일날 것 같다."

큰오빠가 날 쳐다봤다.

"일어나라. 가자."

어쩔 줄 몰라 하는 나를 대신해서 수철이 오빠가 석이 오빠를 일으켜 세웠다.

베랑길 지나 명언마을로 들어섰다. 마을 앞 '서룽들'이 다 잠겼다. 우리 집 아래 냉거랑다리까지 벌건 황토물이 넘실거렸다. 냉거랑다리까지 가는 길도 모두 잠겼다.

"그날 썰물 때가 되어 물이 빠질 때까지 우리 집에 있었잖아. 너한테 맞는 옷이 없어서. 내 어릴 때 입던 중우적삼 입었지. 넌 대청마루에 앉아서 '서룽들'을 덮은 붉은 황토물만 보고 있었어.

네 모습이 정말 예뻤어. 하늘나라 선녀도 그때 너만큼 예쁘지는 않았을 거야. 개구리 사건 같은 것도 네가 좋다는 걸 그렇게 표현했던 것 같아."

"지금은 안 예쁘단 소리네."

"하하, 말이 그렇게 되나?"

"오빠 얼굴 많이 상했어. 정말 언제까지 이렇게 숨어 살 거야?"

"모르겠다. 산으로 들어오라는 명령이 있었어. 하지만 난 산에 안 어울려."

오빠가 쓸쓸한 표정으로 말했다.

"안 맞으면 나오면 되잖아. 왜 맞지도 않는 조직에 묶여서 숨어 지내."

"넌 몰라. 조직에 들면 조직의 생리가 있어.

조직에서 나온다고 세상이, 경찰이 날 가만히 두겠니? 난 결국 조직을 배신할 수밖에 없을 거야. 배신할 때까지 끝없이 고문하겠지.

그걸 아는 조직에서 또, 날 그냥 둘까?"

힘이 빠진 소리였다.

"……."

"이와모도 구장 사건 때도 난 한발 비켜서 있었어. 손에 피 묻히는 일 꺼려서는 안 된다는 것 알면서도."

마치 지금 손에 피가 묻어 있어서 끔찍하다는 표정이었다.

"……."

"세상은 정말 미쳐가고 있어. 대동아전쟁(태평양전쟁) 말기보다 정말 끔찍하도록 제대로 미쳤어.

오래 계속되지는 않을 거야. 세상이 한 번 제대로 뒤엎어질 거야. 인간이 사람이 아닌 세상이 되어 미쳐 날뛸 거야."

석이 오빠는 숨어 지내는 기간이 길어지며 탈진한 것 같았다.

"⋯⋯."

"난 용기가 없어. 피는 싫어. 하지만 세상이 내게 피를 강요하고 있어. 누가, 어느 한 집단이 막을 수 있는 일이 아니야. 이 끔찍한 지옥으로부터 도망치고 싶어."

오빠는 점점 소리가 작아지며 고개를 숙이다가 무릎에 얼굴을 묻었다. 넓고 두툼했던 어깨가 많이 얇아져 있었다. 오빠의 얇아진 어깨가 애처로웠다. 나도 몰래 어깨를 가만히 안아주었다. 그날 벼랑길 앞에서 오빠 둘이 날 가운데 두고 껴안아서 추위와 비를 그어주었듯이.

새벽에 눈을 뜨니 오빠는 다 갖춰 입고 어스름하니 밝아지는 창호지 문을 배경으로 앉아서 나를 내려다보고 있었다.

불을 켜지 못하게 막았다. 아까부터 대문 앞쪽에 누군가 살펴보는 사람들이 있다고 했다. 별채 뒤쪽 골목에도 인기척이 느껴진다고 했다.

방 밖으로 나오지 못하게 날 가로막았다. 떠나려는 오빠에게 급하게 줬는데 안방 장롱 아래 묻어둔 부모님 돈까지 다 해도 큰돈은 되지 않았다.

부엌으로 난 쪽문을 통해서 커다란 사람이 몸을 구겨서 나갔다. 부엌 뒷문 앞에서 한참을 안아주고는 뒤뜰 감나무를 타고 올랐다.

한 번 뒤돌아보지도 않았다. 오빠는 옆집으로 소리 없이 넘어갔다.

"왜정 말기에 왜놈들 정말 무지막지했지.

그래도 아무런 모의도 하지 않았어. 행동도 취하지 않았어. 독립운동할 가능성이 있는 무리야. 그래서 재판도 없이 예비 구속해서 무더기로 죽인 경우가 있었나?"

'다 묻어 버린 것이 아닐까'라는 말에 이민환 선생이 몸서리를 쳤다.

"안 그러면? 그 빨갱이 새끼들이 우리 다 죽일 거 아냐. 빨갱이들한테는 그것도 싸. 암, 싸고말고지.

그런데 이 선생이 왜 빨갱이를 싸고돌아? 수상하네!"

배 주임이 눈에 불을 켰다. 그리고 나와 이민환 선생을 그 시퍼런 눈으로 노려보았다.

이민환 선생이 섬뜩한 느낌이 들었든지 단박에 허옇게 질린 얼굴이 되었다. 배 주임으로부터 고개를 돌렸다. 교무부 나머지 여섯 명이 아무도 말을 꺼내지 못했다.

이민환 선생이 말없이 먼저 일어나 교실로 향했다. 다른 선생들도 모두 일어섰다. 교무실 문을 나서는 이 선생이 잠시 '허청'하는 것 같았다.

　나도 자리에서 일어나 책과 출석부를 챙겨 일어섰다. 모두 서둘러 교실로 향했다.

　자리에 남은 배 주임의 섬뜩한 눈빛이 내 뒤를 따라오는 것 같았다. 맨살에 차가운 독사가 기어오르는 것처럼 소름이 오소소 돋았다.

　　　　　　　　　　　　－

"내 여기서 잠깐 자고 갈 끼다."

　김현중이 도서관 소파에 누운 채 천정을 보다가 눈을 감아버린다.

"그래, 쉬는 시간에 올게. 그때까지 자라."

　나와서 도서관 문을 잠그는데 알 수 없는 현기증 같은 것이 올라왔다. 문손잡이를 잡고 도서관 강화유리문에 잠시 이마를 기대었다.

　교실로 돌아오니 있제 쌤이 새 문제를 풀고 있었다.

"집으로 가는 것 겨우 잡아 도서관에 앉혀 두었습니다. 정말 죄송합니다."

"반장이 죄송할 거야 뭐 있냐."

"그래, 칼장 누나는 잘못 없다. 현중이 쌔~가 문제지."

　수민이 녀석이 큰 소리로 말하며 나를 보고 웃었다. 있제 쌤이 수민이 녀석을 노려봤다.

쌤이 시켜도 현중이 녀석을 흔들어 깨우지도 못하면서 수민이 녀석 안중에 쌤은 없다.

황수민이 노려보는 있제 쌤을 한 번 흘끗 보고도 헤헤거리며 내게 V자를 그려 보였다.

코
피

체육관이다.

1학년 배구부원들 리시브 훈련을 시키고 있었다. 모두 일곱 명이다. 내 앞에 반원형으로 나란히 서 있다. 내가 배구공을 꽂아주면 부원들이 받아 올린다.

대충 순서대로 스파이크를 꽂아주었다. 놓치는 녀석이 나오면 가운데 앉혀놓았다. 그러다가 내가 스파이크 대신에 띄워서 보내주면 가운데 앉아 있는 친구 머리로 강스파이크를 꽂았다. 스파이크한 배구공으로 머리를 맞히는 것이다. 맞히지 못하거나 힘이 모자라면 가운데 앉았던 녀석이랑 교대하게 했다.

체육관 남쪽 2층 정문이 덜커덩 열렸다. 마르고 키 큰 강스 쌤이다. 특유의 건들거리는 걸음으로 체육관 안으로 들어왔다.

"3학년 동민이, 규철이 행님들은 아직 안 나왔나?"

"그 행님들 담 주 모의고사 공부한다 카던데요."

"동민이, 규철이가 모의고사 공부한다꼬? 그래서 배구하로 안 나와?"

"예, 그렇게 이야기하라 하고 갔어요."

"배구하로 간다꼬 자율학습 빠져서 어데 한 잔 빨러 갔겠지. 지들이 모의고사 공부를 한다꼬? 참, 말도 된다.

머, 하긴, 학생이 공부한다는데 믿자.

그런데 우리 2학년 대표 정식이 행님은 모의고사 공부 안 해도 되나?"

"전 작년부터 손 놨어요."

"안 캐도 안다. 정식이 행님아, 근데 내 수행평가도 포기했나? 너거 조 최고운이 근마가 안 좋아할 낀데?

내가 지금 뭔 소리 하고 있나. 지금 배구 연습 중인데. 그럼 정식이 행님도 저 1학년 사이에 서라. 내가 공 노나 줄게."

쌤이 괜스레 고운이 녀석 이야기하는 바람에 '그물'인지 '올가미'인지 조원들과 둘러앉아 읽었던 생각을 했다. 그 때문에 그만 스파이크를 제대로 꽂지 못했다. 가운데 앉아 있던 녀석이랑 교대했다.

후배들 보기에 쪽팔렸다.

"야, 멀대! 너거들 이때다. 고정식 행님 대가리 한 번 신나게 뚜딜기라."

잔뜩 긴장해서 고개를 조금 숙이고 있었다. 스파이크가 날아오지 않았다. 고운이 짜식 때문에 읽었던 '그물' 속 인물인 '또쭐이', '춘삼이'라는 이름이 별안간 떠올랐다.

참 요즘은 들어볼 수 없는 이름이라 슬며시 웃었다. 그때 배구공이 뒤통수를 정통으로 쳤다. 골이 울렸다. 아찔한 느낌과 함께 몸에 힘이 풀렸다.

세상에나, 배구공에 맞아서 까무룩 정신을 놓았다.

—

오른쪽 손목이 부러진 듯이 아팠다. 오른뺨이 바늘 여러 개에 콱 찔린 듯 짜릿했다.

도망치려고 억지로 일어났다. 뺨에 박혀 있는 것을 떼려고 오른손을 들었다. 오른쪽 손목이 굽혀질 수 없는 방향으로 꺾여 있었다. 견딜 수 없이 따가운 오른쪽 광대뼈 쪽으로 왼손을 가져갔다.

마른 밤송이가 얼굴에 박혀 있었다. 밤송이 가시가 왼쪽 손가락을 찔렀다. 얼굴에서 바싹 마른 밤송이를 떼어냈다. 뺨을 타고 뜨뜻한 것이 흘러내렸다.

그제야 오른 손목이 감당할 수 없이 아팠다. 피 칠갑한 얼굴과 왼손. 꺾인 오른 손목의 통증을 견딜 수 없었다.

주저앉아 '엄마~'하고 울음을 놓았다.

"이 도적놈의 새끼. 이렇게 나메 뽕 도적질을 하니 손모가지가 부러지지."라고 하며 곰방대로 뒤통수를 쳤다.

그리고 내 광목 적삼 뒷덜미를 잡아 일으키며 집으로 가자고 했다. 후지코(富子) 증조할배인 사음(마름) 영감이었다. 영감에게 잡힌 것이 무서웠다. 손목이 견딜 수 없이 아팠다.

울며 엄마를 찾았다. 안골 논에서 집까지 뒷덜미를 잡힌 채로, 울면서, 반은 끌려서 왔다.

"종우야. 이기 무신 일이가?

사음 영감님. 이기 무신 일잉교? 아~가, 왜 이 모냥이라요?"

우리 집 사립문 밖으로 엄마가 뛰어나왔다. 엄마 얼굴이 대번에 하얗게 질렸다. 평소 지나칠 때 고개 들어 쳐다보지도 못하던 사음 영감을 똑바로 노려보며 고함을 질렀다. 엄마 품에 안긴 젖먹이 종미가 새파랗게 질리며 악을 쓰고 울었다.

"아~ 새끼를 지대로 갈차야지. 도적놈의 새끼로 키우만 쓰나. 나머 뽕 따다가 들키서 뽕나무에서 떨어져 안 그란나.

그란데 어디, 지집이 감히 눈 똑바로 뜨고! 어느 안전이라꼬, 과무 지르고 날리가!"

엄마 품에서 종미가 더 자지러지게 울었다. 이때 할매까

53

지 사립짝으로 달려 나왔다.

"아~가, 손모가지 빙시~ 되마 사음 영감이 책임질랑
교? 손모가지뿐만 아니라 피칠갑한 이 얼굴 상한 것 책임
지소. 그깟 빠므사 따만 을매나 따쓸라꼬? 사라미라만 이
카만 안 되지러. 하무, 안 되지러."

할매가 사음 영감에게 삿대질하며 달려들었다.

너무 놀라 손목 아픈 것도 생각나지 않았다. 나는 악을
쓰며 더 큰 소리로 울어 젖혔다.

이집 저집에서 사람들이 나왔다.

"못 배와 묵은 것들. 새끼를 아주 도적놈으로 키우고도
할마이나 지집이나 지레 큰소리치네.

아~, 거기 춘삼이. 자네 접골할 줄 알지. 또쭐이 아~새
끼 빙시~ 되기 전에 손모가지부터 붙여 놔라.

에잉~. 못 배와 묵은 것들 같으니라고."

들에서 돌아오던 앞집 춘삼이 아재한테 내 목덜미 잡은
것을 넘겼다.

사음 영감이 곰방대를 뒤로 돌려 쥐었다. 다른 한 손을
휘적휘적 내저으며 사람들이 길 열어주는 틈으로 빠져나
갔다.

춘삼이 아재가 내 부러진 손목을 맞추었다. 그리고 할매
머리에 매고 있던 광목천을 달라고 했다. 사립짝 나뭇가지
를 뽑아 부목으로 대어 묶었다.

손목 통증이 조금은 가라앉았다. 그런데 할매가 된장을 가져와 얼굴에 발랐다. 불로 지지는 것처럼 화끈거리다가 따끔따끔 아팠다.

사립 안으로 들어섰다. 마실 사람들이 끼리끼리 모여 수군거렸다.

이때 황산강 강둑 안 머들 논에 갔던 아버지가 돌아왔다. 내가 댓돌을 밟고 작은방에 들어서려 할 때였다.

우악스런 손이 뒷덜미를 잡더니 나를 돌려세웠다. 남방 토인처럼 시꺼멓고 넙데데한 얼굴이 눈에 쑥 들어왔다.

무섭고 서러워서 또 울음을 놓았다.

"아~가 이 지경인데 그라고 가따꼬? 사음 영감이고 나발이고, 내 지 주기고 내 죽는다."

펄펄 뛰며 지게를 처마 아래 내팽개쳤다. 아버지가 시퍼런 얼굴로 지게 작대기를 거머쥐고 사립짝으로 나섰다.

춘삼이 아재가 사립문을 막아섰다.

"이보게 또쭐이. 가더라도 좀만 있다가 나랑 같이 가세. 종우 손목은 잘 맞추었으니 곧 날 거고.

자네 부치는 안골 박양산이 논. 김 주사 아배가 그 논 사음 영감 아닌가. 지금 가서 한마디 했다가는 그 성질머리에 당장 내년에는 논 뗄 것 아닌가.

아니, 아니, 잠만 들어보게, 그것보다 사음 영감이 종우 그렇게 뒷덜미 잡고 온 건 내 보메난 나한테 손목 접골하라

고 델구 왔더구만. 사음 영감 말 들어봉께 정말 그려."라고
했다.

그래도 아버지가 또 길길이 날뛰었다. 마실 사람들이 나
서서 말리는 소리가 들렸다. 춘삼이 아재 말을 듣고 엄마
랑 할매도 그렇게 느꼈는지 아버지를 말렸다.

그제야 아버지도 말귀를 조금 알아들었던 모양이다.

엄마가 날 작은 방에 밀어 넣었다. 좀 누워있으라고 했
다. 아랫목에 누웠다.

밤송이에 찔린 얼굴에 할매가 짠 된장을 발랐다. 상처
난 곳이 얼얼했다. 부목을 댄 손목이 또 우릿우릿 아팠다.

밤나무에서 떨어지며 얼굴이랑 손목만 다친 게 아닌 모
양이었다. 무릎도 까진 것 같았다. 어깨 어림도 나뭇가지
와 밤송이에 대구 찔린 듯 아팠다.

방에 혼자 누워있다 보니 생각이 났다. 그런데 이게 무
슨 일일까? 내가 왜 이런 꼬맹이가 되어 있는 걸까?

체육관에서 배구 연습하던 중이었다. 배구공에 뒤통수를
맞았을 뿐이다. 방바닥과 천장이 빙빙 도는 것처럼 어지럽
다. 생각을 계속 이어갈 수가 없었다. 이게 무슨 일일까?

깜박 잠에 빠졌다. 부르는 소리에 눈을 떴다. 엄마가 방
문을 열고 서 있었다. 거뭇거뭇해진 광목 앞치마에 손을

닦으며 밥 먹으러 안방으로 가자고 했다.

조금 어지럽고 핑 돌렸다. 저녁 생각을 하니 어지럼증이 가라앉았다. 평소와 달리 왼손으로 방바닥을 짚으며 일어나려니 어색했다.

벽지도 바르지 않은 토방 벽. 콩물 먹인 황토 방바닥. 조그만 호롱이 놓인 등잔. 아랫목에 작은 개다리소반을 놓고 아버지랑 할매가 마주 앉아 저녁밥을 먹고 있다.

엄마랑 나는 부엌 쪽문 앞에 다리도 없는 소반을 두고 마주 앉았다. 종미는 반쯤 엎드린 자세로 겨우 앉았다. 엄마 밥그릇의 시커먼 보리밥을 손에 쥐고 주먹째 입에 넣으려고 했다.

그런데 주먹이 입 안으로 잘 들어가지 않았다. 종미가 짜증을 내며 칭얼거렸다. 엄마가 종미 주먹에 붙은 밥알을 떼어 입에 넣어주려 했다. 그런데 제가 먹겠다고 엄마 손을 밀쳐냈다.

할매랑 아버지가 마주 앉은 개다리소반 위에나, 엄마랑 종미, 내가 둘러앉은 발 없는 소반 위에나 다른 게 없다.

이빨 빠진 사기 사발에 쌀알은 한 톨도 없는 시커먼 보리밥 한 덩이씩이다. 소금에 절인 무청, 된장을 푼 무청시레기국이 다다. 그런데 무청시레기국에는 아침나절에 내가 안골 도랑에서 잡아 온 가재가 발갛게 익어서 한두 마리씩 들어 있다.

시커먼 보리밥. 이걸 사람이 먹나? 더구나 왼손으로 어떻게 먹어야 할까? 입안도 까끌까끌했다. 왼손으로 어색하게 숟가락을 들었다.

그런데 금세 밥그릇, 국그릇 모두 말끔히 비웠다.

"안골 사음 영감네 뽕나무엔 뭐 하로 올라갔더노?"

아버지 말에 노기 같은 건 묻어 있지 않았다. 앞집 춘삼이 아재하고 사음 영감네 갔다 온 뒤 불같던 노기가 많이 식었나 보았다.

"뽕이 먹고 자바 올라갔겠지 뭐 하로 심들게 올라갔겠노."

"어무~이는 좀 조용하소. 내사 종우한테 물었지라."

"낮에 가재 잡으미 봉께, 뽕은 다 뜨러 갔고, 뽕나무엔 까치밥 몇 송이가 남아 있었심더. 가재 잡은 것 집에 가져다 두고 점심 묵고 안골 논에 갔다가 올라갔심더. 까치밥은 떨어 가도 말 안하디 비란간 영감테~이가 과무 질렀심더. 놀라 내려오다가 중간쯤에서 그만 떨어짔심더."

"까치밥으로 냉겨 둔 건지, 영감 말마따나 정말 덜 떤 건지 우떠케 아노. 담부터는 까치밥이라도 허락 없이는 따지 마라. 그라고 까치도 먹고 사러야지."

"야."

'까치가 뽕 따 먹는 것 못 봤는데' 속으로 구시렁거리는 소리가 올라왔다. 그렇지만 아버지 앞이라 암말도 하지 못했다.

밥 먹고 마당에 나왔더니 어슬어슬 떨렸다. 작은방으로 들어왔다.

할매가 '우리 새끼 아프제?'하며 아랫목 검정 솜이불을 들춰 주었다. 왼쪽으로 누워 부목 댄 오른손이 엉덩이 위쪽에 놓이도록 했다. 춘삼이 아재가 당부했던 거다.

"우리 새끼, 종우 얼굴에 숭지지 말고, 손모가지도 말끔미 낫게 하시~이소."

할매가 나를 앞에 뉘여 두고 연신 손바닥을 비비며 빌었다.

석유 아끼느라 안방 호롱불도 저녁 먹은 후 바로 껐다. 엄마가 설거짓거리를 부엌 앞 우물가로 갖고 나가서 어두운 데서 짚수세미로 빈 그릇 몇 개를 씻었다. 그 씻은 물은 마당귀 거름자리에 가져다 부었다. 수채에 밥알 한 톨이라도 흘러나가면 죽어서 아귀가 된다고 했다.

작은방엔 아예 호롱도 없었다.

깜박 잠들었다 깨었다. 할매도 자리에 누워 갸릉갸릉 코를 골고 있었다. 별안간 어지러웠다. 고등학교 2학년 고정식 꿈이 떠올랐다.

잠이 덜 깨어서일까? 체육관 안에서 배구공에 맞아 쓰러지던 느낌이 현실처럼 생생했다. 내가 아직 소학교 문턱도 밟아보지 못한 일곱 살 송종우인지, 아득히 먼 옛날인지,

미래인지, 고등학교 2학년 고정식인지 도무지 감이 잡히지 않았다.

게다가 사음 영감에게 끌려오며 악다구니를 부리며 심하게 울었던 탓인지 도대체 어지러워 오래 눈을 뜨고 있을 수가 없었다.

심한 어지러움 속에서 정신을 잃듯 잠에 빠졌다.

자다가 오줌이 마려워 깼다. 깜깜했다. 이렇게 깜깜한 어둠은 난생처음이다. 그야말로 어둠뿐이다. 어떻게 해야 할지 몰라서 한참 우두커니 앉아 있었다. 그러자 어둠에 눈이 조금씩 익었다. 둘러보니 희끄무레한 게 보였다. 문이거니 싶어 기어가려 했다.

오른쪽 손목이 불로 지지는 것처럼 아팠다. 왼손으로 부목 댄 오른 손목을 잡았다. 한참을 그러고 앉아 있었다.

나는 고정식이 아니었다.

송종우였다. 일어나서 조심조심 희끄무레한 곳으로 갔다. 문이다. 문을 열었다. 문틀에 걸터앉아 발로 더듬거렸다. 짚신이 밟혔다.

방안 어둠에 눈이 익어서 밖은 그래도 조금씩 분간이 되었다. 사립문 옆 나무울타리 앞에 섰다. 왼손으로 중우(바지)를 힘들게 내리고 오줌을 눴다.

달은 보이지 않았다. 하늘에 별이 엄청나게 많았다. 하늘을 가로질러 희끄무레한 구름 같은 것이 강처럼 걸쳐 있었다. 저게 은하수이거니 했다.

안골 쪽에서 아이 우는 소리가 들렸다. 정말 종미가 잠결에 칭얼대는 소리 같았다. 어쩌다 깨었을 때 안방에서 들리던 소리 같기도 했다.

야시 소리다. 오싹, 소름이 돋았다.

"야시한테 홀리만 삐도 못 추린다. 우리 새끼 지금 빨리 들온나. 안 춥나."

할매가 방문을 열고서 나를 불렀다.

화장실, 아니 뒷간, 아니 통시가 너무 더러웠다. 냄새가 지독했다. 구더기도 무서웠다.

그래서다. 오줌은 울타리에 누었지만, 대변을 볼 수가 없었다. 사흘째. 얼굴에 붓기가 사그라졌다. 상처에 딱지가 앉았다. 부러진 손목도 잘 맞춰져서 부었던 것이 가라앉으며 낫고 있다.

다만 대변을 볼 수 없어 미칠 지경이 되었다. 송종우로서의 삶이 견딜 수 없이 불편하고 힘들었다. 그 와중에 고정식에 대한 기억은 꿈으로 잊혔다.

나흘째 아침.

여전히 통시에 가지 못했다. 똥을 누지 못해 새벽부터 계속 끙끙 앓았다.

그런 나를 위해 엄마가 솥에 물을 데웠다. 잿물을 내렸다. 뜨뜻한 물을 바가지에 담아 내 엉덩이를 들게 했다. 잿물을 넣고 씻겼다. 딱딱하게 구슬처럼 굳은 덩어리들이 잿물에 미끄러워졌던지 엄마가 맨손으로 파내었다.

제법 많이 파냈다.

그러고 나서 마당가에 쪼그리고 앉았다. 한 무더기 시원하게 쏟아냈다. 거기엔 피가 제법 묻어 있었다. 그러고 나자 날아오를 것 같았다.

고정식은 송종우가 꾼 꿈으로 사라졌다.

오늘은 원동소학교 입학식 날이다. 우리 범보(넓은 보) 마실에서도 형님들 여럿이 원동까지 오리 길을 걸어서 학교에 다녔다.

오른쪽 어깨에서 왼쪽 아래로 등이나 가슴에 검정 광목 책보를 둘러멨다. 여럿이서 같이 창가를 부르며 가는 모습이 참 부러웠다.

마실 안 누나들은 학교에 보내주지 않았다. 나도 여덟 살이 되면 학교에 보내달라고 여러 차례 졸랐다. 그러나, 아버지는 약속해주지 않았다. 애를 많이 태웠다. 그런데 정말 하늘님이 도와주었다.

지난해 가을에는 큰 풍년이었다.

오늘은 짚신을 제쳐두고 난생처음 고무신을 신었다. 양

말이 없어서 감발을 했다. 짚신이 아닌 꺼먹고무신을 신었다. 솜 넣은 광목 중우적삼도 먹물 들인 새것이다. 왼쪽 가슴에 옥양목 손수건을 달았다.

엄마도 옥양목 버선에 안방 실경(시렁)에 얹어두었던 흰 고무신을 꺼내 신었다. 어제저녁에 잿물을 내려 누리끼리했던 것을 짚수세미로 박박 씻은 덕에 고무신이 새 신발처럼 하얗다.

광목에 검정 물을 들여서 솜 넣어 누빈, 발목까지 오는 광목 검정 치마를 입었다. 시집올 때 입었다던 흰 옥양목 저고리에 솜을 넣어 누빈 광목 검정 배자도 걸쳤다.

머리도 잘 빗어서 나무 비녀로 쪽을 지었다. 무슨 기름이라도 발랐는지 쪽진 까만 머리에서 반들반들 윤이 났다.

"차려입으니 엄마도 참 이뻐."

"대가리 시똥도 안 버꺼진 놈이 뭐 이쁘다마다 하고 있노."

입학한다고 어제 원동 장터 이발소에 가서 스님처럼 빡빡 밀었다. 선득선득한 내 머리 위에 아버지가 솥뚜껑 같은 손을 얹었다 내렸다. 정수리가 다시 선득거렸다.

"종우 지 눈엔 이미가 젤 이쁘것지."

할매가 종미를 안고서 한마디 하셨다. 할매 품에 안긴 종미가 '엄마'라고 하며 버둥거렸다.

엄마 손잡고 안골에서 내려오는 도랑을 건넜다. 사월 초하루, 봄볕이 따사롭다. 도랑 물가에는 푸른 풀이 제법 탐

스럽다. 범내를 따라 원동역 쪽으로 내려갔다.

사음 영감 증손녀가 제 엄마 손잡고 저만큼 앞서간다. 저 윗마을 새보로부터 우리 마을 범보까지 여학생은 사음 영감 증손녀인 '후지코(富子)'가 첨이다.

우리 마실 아무도 한자 소리대로 '김부자'라고 부르지 못했다. 그렇게 불렀다가는 후지코 할아버지인 김 주사가 혼을 냈다.

후지코는 갈래머리를 했다. 솜 넣어 누빈 새하얀 옥양목 저고리에 검정 물을 들인 옥양목 솜치마를 입었다. 꺼먹고무신이 아니라 흰 코고무신을 신었다.

후지코 엄마는 쪽머리에 은비녀를 꽂았다. 하얗게 눈부신 흰 옥양목 치마저고리에 누빈 회색 솜두루마기 차림이다. 하지만 흰 버선에 흰 고무신을 신은 것은 엄마랑 같았다.

엄마가 엊저녁에 시집올 때 신었던 흰 고무신을 잿물로 박박 씻은 덕을 본다.

후지코를 불러볼까 했다. 하지만 그랬다가는 내외하지 않는다고 엄마한테 혼날 거다. 그냥 엄마 걸음에 맞추어 걸었다.

엄마는 일부러 천천히 걸었다. 엄마보다 더 좋아 보이는 옷을 입은 후지코 엄마랑 인사하고 싶지 않은 것 같았다. 그래도 금세 원래 걸음대로 빨라졌다. 그래서 좀 가까워지면 멈추어 서서 괜히 뒤를 돌아보았다. 원동 장터 사람들이 원동천이라 부르는 범내를 우두커니 멀리 내려보기도 했다.

저만큼 앞서가는 후지코 엄마 은비녀가 아침 햇살에 반짝반짝 예뻤다.

"엄마, 나중에 내가 엄마 은비녀 사줄게."

"응, 뭐라꼬?"

"나중에 엄마 은비녀 사줄게."

"오늘 우리 종우가 핵교 간다꼬 아침부터 존 소리만 하네. 엄만 은비녀 없어도 좋아. 핵교 슨상님 말씀 잘 드꼬 공부 잘해서 우리 원동 민서기 해쓰마 원이 업것따."

새동네를 지나 장터말까지 왔다.

우리처럼 소학교에 입학하는 아이들이 많았다. 후지코처럼 치마 입은 여학생들도 드문드문 보였다. 엄마가 다른 여학생 보느라 한눈팔다가 소학교 정문 앞에서 후지코 엄마랑 딱 마주치고 말았다.

"후지꼬 엄마, 진지 드셨능교."

내가 먼 산을 슬쩍 보는 엄마를 툭 치며 얼른 큰 소리로 인사를 했다. 엄마가 당황스레 인사를 건넸다. 그런데 후지코 엄마는 고개만 까딱했다.

후지코 엄마가 나를 잠시 내려다봤다.

"종우, 머리 깎았구나. 애기 시님 같다. 그래도 그라이 좀 똘방해 보인다."

그러고는 돌아서 후지코를 끌고 운동장 쪽으로 들어섰다. 후지코는 제 엄마를 닮아서 살결이 유난히 희었다. 뽀얀 살결 덕분에 어디서나 눈에 띄었다. 후지코가 제 엄마 몰래 내게 손을 살짝 들어서 아는 체했다. 이내 병아리 새끼처럼 제 엄마를 따라갔다.

알 수 없는 일이 일어났다.

소학교에 입학했더니 배우지도 않은 조선어 글자를 읽을 수 있었다. 그리고 내지(일본) 글자도 조금 떠듬거렸지만 읽고 뜻을 알 수 있었다. 소학교 1학년 때 배우는 내용을 나는 다 알고 있었다. 숫자는 물론 더하기, 빼기, 심지어 곱하기, 나누기, 분수 계산까지 다 할 수 있었다. 학교에서 선생님들이 교무실로 불렀다. 더하기, 빼기, 곱하기, 나누기 문제와 분수 문제를 내어 풀어보게 했다.

신동, 천재가 났다고 했다.

새로운 것을 배우기 시작하면 잠시 속이 메스꺼웠다. 머릿속에 뭔가 안개 같은 것이 잔뜩 낀 것 같았다. 그러다가 갑자기 안개가 스러졌다. 메스꺼움이 가라앉았다.

새로 배운 것은 다 이해했다. 문제까지 척척 풀 수 있었다. 마치 내 속에 내가 아닌 다른 내가 있는 것 같았다. 그 다른 내가 알고 있는 것이 지금의 내게로 건너올 때 메스꺼움이나 어지럼증이 생겨나는 모양이었다.

1학기가 끝나기 훨씬 전에 월반했다.

나는 곧 2학년 수업을 들었다. 2학년 수업도 너무 쉬웠다. 선생님들 중 몇 분이 다시 3학년으로 월반시키자고 했다. 그런데 교장 선생님이 2학기 수업 따라가는 것 보고 하자고 해서 2학년에서 수업을 들었다.

월반했더니 짝지가 나보다 네 살 많은 범돌(호석)이 형님이었다. 범돌이 형님은 시오리 밖 멀리 황산강 위쪽 마을 중리에서 다녔다. 산수(수학)와 내지말(일본어) 시간에 내 도움을 받기도 했지만 날 어린 동생처럼 돌봐주었다.

그 범돌이 형님이 학교에서 쫓겨났다. 수업료를 석 달째 내지 못했기 때문이다.

늦봄부터 여름 내도록 가뭄 때문에 논밭이 바싹바싹 탔었다. 보리 수확이 반토막이었다.

게다가 늦여름에 장마로 물난리가 났다. 물 좋은 곳에만 살아남았던 나락까지 큰물에 다 쓸려 가버렸다. 늦게 메밀을 뿌렸지만 메밀도 거둘 게 없었다.

우리도 우리 먹을 것은 고사하고 도조(소작료) 낼 일이 깜깜했다. 아버지, 할매, 엄마 한숨이 끊어지지 않았다.

나도 범돌이 형님처럼 수업료를 석 달째 내지 못했다. 범돌이 형님처럼 다른 형님들, 친구들 여럿이 석 달째 수업료를 내지 못해서 학교에서 쫓겨났다. 수업료가 석 달 이상 밀린 학생 중에 월반했던 나만 남았다.

결국 나도 오늘은 교무실에 불려갔다. 교장실에도 불려갔다.

"존우 군, 차무 마으무니 아프다네. 다룬 친구드루 다 아니 대는데 존우 군만 특뵤루 대우 몬하네. 부모니무 오시소 나준에라도 낸다고 약속으루 하몬 사무학뇬, 아니면 사학뇬으로라도 오루로준다고 전하게."

책보를 메고 털레털레 걸어 집으로 왔다. 월사금을 오늘까지 내지 않으면 학교에서 쫓겨날 것이라는 말을 아침에 했었다.

아버지는 산에 나무하러 가고 집에 없었다. 엄마는 사립 짝에 우두커니 기대어 선 채 아무 말이 없었다.

나를 보던 눈이 빨개졌다. 코를 훌쩍이다가 때가 시커멓게 탄 행주치마에 코를 '팽'하고 풀었다.

작은방 문이 열리며 할매가 내다봤다. 그 사이로 '옵빠, 옵빠'하며 종미가 밖으로 나오려고 했다. 할매는 내게 오려고 발버둥치는 종미를 꽉 끌어안은 채로 아무 말도 안 했다.

엄마가 헛간에 가서 다래끼를 찾아 어깨에 멨다. 호미를 손에 쥐고 사립문을 나가서 안골 쪽으로 올라갔다.

이 겨울에 산나물도 없는데 산에 간다고 뭐가 있을까.

안골 끝머리에서 토곡산으로 더 올라가면서 그래도 혹시나 사람들 눈에 띄지 않은 도라지나 잔대, 복룡, 토복룡 같은 것이 남아 있는지 찾을 것이다. 다래끼 안에는 조선낫도 있을 것이다. 정 없으면 송구라도 벗겨 오고, 그도 안 되면 땔나무라도 조금 이고 올 것이다.

할매가 종미를 안고 문 옆으로 비켜 앉았다.

책보를 작은방에 던져 넣었다. '옵빠'가 좋다고 매달리는 종미를 할매한테 떼어 놓았다.

벌써 며칠째 점심은 건너뛰었다. 아침, 저녁으로 보리밥풀도 몇 개 들어 있지 않은 멀건 시래기죽 한 그릇씩 먹은 게 다였다. 뱃가죽이 등뼈에 붙은 것 같았다.

종다래끼를 찾아 메었다. 손에 괭이를 들고 사립문을 나섰다. 토곡산 아랫자락 안골 쪽을 보니 또래와 마실 행님들이 희끗희끗 보였다. 내가 대여섯 번 이상 샅샅이 훑은 도랑을 뒤집고 있다. 개구리든, 가재든, 송사리든 남아 있을 게 없었다.

범내를 건넜다. 논둑길을 따라 걷다가 언덕을 다시 넘었다. 절골 쪽으로 갔다. 거기도 천태산 아랫자락 당골 아이들이 희끗희끗 개울을 뒤지고 있었다.

발길을 돌려 더 안쪽 애기소골로 갔다. 애기소에서 벌건 대낮에도 귀신이 나온다는 이야기가 돌았다. 아직 거기까지는 아이들이 많이 뒤지지 않았다. 개울 바닥에는 제자리

잡은 채 놓여 있는 돌들이 제법 많았다. 많이 뒤지지 않았다는 증거였다.

어린 애들이 뒤집기 어려운 돌을 괭이자루를 지렛대로 해서 돌을 밀어내거나 뒤집었다. 애기소까지 올라오며 종다래끼에 가재 몇 마리, 개구리도 몇 마리 잡아넣었다.

상고시대 칠년대한에도 마른 적이 없었다는 애기소다. 아이들이 근처에 가면 마마(천연두)에 죽은 귀신이 물속으로 끌고 간다고 했다. 그래서 아이들은 물론 어른도 가까이하지 않는 곳이다.

그늘진 쪽으로 해서 소에는 얼음이 두껍게 덮여 있었다. 얼음을 딛고 안쪽 벼랑을 살펴보았다. 제법 실한 칡덩굴이 하나 돌자갈 벼랑에 붙어 있었다.

돌자갈 비탈을 괭이로 두드려 팠다. 그 소리가 골짝을 빙빙 돌아 울렸다. 마마에 죽은 어린 아기 귀신이 우는 것 같았다. 전신에 소름이 쫙 끼쳤다.

"귀신은 없다."

내 마음을 다잡았다.

한참 동안 괭이질을 했다. 여덟 살, 여린 힘에 잘 파지지 않았다. 얼음 얼었던 겉이 떨어져 나왔다. 그 속에 얼지 않은 흙과 자갈층이 나왔다. 이제는 파는데 어려울 게 없다.

그런데 내 손으로 한 뼘도 채 더 파지 않아서 바위틈으로 칡뿌리가 들어가 버렸다. 바위에 붙게 잘 끊어도 먹을 수 있는 뿌리는 한 뼘 정도나 될까 싶었다.

칡뿌리를 잡고 뒤로 힘껏 당겼다. 바닥 얼음을 디딘 발이 미끄러지며 뒤로 꽈당 넘어졌다

–

"야, 고정식 곰새~야. 퍼뜩 안 일나나. 책상 바닥에 얼굴 팍 '고정'시켜주까?"

"어~~ 소름. 쌤, 그것도 유머라고. 너무 썰렁해서 팔뚝에 소름 가득해요. 와서 쓸어줘요."

"김유나 원장님. 성추행으로 쌤 잡아넣을 생각이제?"

"히히, 쌤 안 넘어가네요."

어지럼증이 좀 가라앉았다. 조금이라도 길게 뽑아보려고 칡뿌리를 잡고 매달리던 소학교에서 쫓겨난 박종우 꼬맹이는 어디에도 없다. 고등학교 2학년 고정식이 교실에 앉아서 수업을 듣고 있었다.

"조선 500년이 넘는 세월 동안 얼마나 많은 사람이 살다 갔을까? 그런데 우리 기억 속에 전하는 이름 있는 사람들은 얼마나 될까? 역사 속에 단 한 줄, 이름만 남긴 사람도 나름 한 생애를 짊어지고 견디며 살아낸 사람들이다.

그런데 이름 하나 남기지 못하고 다녀간 사람들은 얼마

나 더 많았을까. 그 절대다수의 사람들도 하나같이 다 온 우주와 똑같이 소중한 생명이었을 텐데."

"우와~~ 감동. 정말 소오름. 쌤~. 철학자셨네요."

"김 원장. 너 자꾸 분위기 깰래. 이러면 쌤 생각이 끊기잖아."

"확~ 자꾸(자크) 잠글게요."

"어디까지 했나?"

"이름 남기지 못한 사람도 다 온 우주와 똑같이 소중한 생명이라고 했어요."

"역시 이 반에는 초롱이가 젤 환하다."

"쌤, 또 아재 개그다."

"유나야. 자꾸 확~ 잠갔다며.

소설이 현실의 거울이라고 하잖아. 소설 속에 보면 주인공도 있고, 상대역도 있고. 지나가는, 행인 1, 2, 3도 있고. 그렇잖아. 소설 속 세상에 주인공만 살았던 건 아닐 거 아냐. 행인2도 한 생애를 살아냈을 사람이잖아. 그 행인2를 한번 살려내 보면 어떨까?"

"쌤이 시범으로 한 번 살려내 봐요."

"김 원장. '자꾸'가 너무 쉽게 열리네. 그래도 덕분에 이제 자는 사람 없어 좋구나."

—

교실이 페이드아웃 되었다.

얼음판에 나자빠진 꼬맹이 송종우로 세상이 돌아왔다. 얼음을 짚고 있는 손이 떨어질 듯이 시렸다. 벌떡 일어났다.

잠깐 넘어졌을 때 본 세상은 뭘까? 오래전에도 이런 꿈(?)을 꾼 적이 있었다. 그런데 그 꿈 내용이 도무지 선명하게 떠오르지 않았다. 꿈 내용을 떠올리려 하면 견딜 수 없이 어지러울 뿐이었다.

머리를 한번 세차게 흔들었다. 그리고 바위틈으로 드러난 칡뿌리를 괭이날로 여러 번 두드려서 잘라냈다.

집으로 오면서 마른 나뭇가지도 몇 개 주워서 들고 왔다.

후지코가 소학교를 마쳤다. 열네 살. 동래에 있는 여자 고등보통학교로 진학했다.

그 이듬해 봄. 사음 영감. 후지코 증조할배가 세상을 떴다.

어른들 틈에서 이런저런 심부름으로 분주했다. 어른들이 이 집 큰 머슴과 같이 마당 귀퉁이 늙은 감나무 아래 돼지 잡을 물 끓일 가마솥을 걸었다. 가마솥 옆에 들마루를 옮겨두었다. 물을 길어오고 장작을 가져와 불을 지폈다.

정지(부엌) 앞에는 찌짐(부침개) 부칠 무쇠 솥뚜껑을 세 곳에 걸었다. 각 솥뚜껑 주위엔 마실 엄마들이 앉을 짚단을 여럿 두었다.

가마솥 물이 설설 끓었다.

큰 머슴과 어른들이 농짝만 한 돼지를 몰고 와 새끼줄로 묶어 눕혔다. 장정 여럿이 돼지를 들마루 위에 눕혔다. 돼지주둥이를 묶은 끈을 장정 한 명이 잡고서 위로 당기고 몸통을 묶은 끈에는 장정 둘이 붙어서 등 뒤로 당기며 누르고 앞다리 둘을 같이 묶은 끈에도, 뒷다리 둘을 같이 묶은 끈에도 각각 장정 한 명씩 붙어 등과 반대 방향으로 당기며 눌렀다.

춘삼이 아재가 목 언저리에 서서 시퍼렇게 간 식칼로 돼지 멱을 땄다. 돼지 멱 딸 때, 어른들이 애들은 보지 말라며 나와 열다섯 살 동갑인 새끼 머슴을 밀려냈다. 밀려나는 척하며 다른 어른 틈에 비집고 섰다.

마을이 떠나가라 돼지가 꽥꽥거리고 발버둥 쳤다. 돼지 목 아래 받혀둔 양동이에 피거품과 함께 시뻘건 핏물이 벌컥벌컥 쏟아졌다.

춘삼이 아재가 멱 딴 칼을 한 번 더 갈아들었다. 들마루 위 피 다 빠진 돼지에게 끓는 물을 끼얹어가며 털과 때를 밀었다. 돼지는 피 빠지고도 한동안 죽지 않았던지 털을 미는 중에 한 번씩 경련을 일으켰다.

마실 엄마들은 정지 앞에 걸어 둔 무쇠 솥뚜껑 세 곳에 서너 명씩 끼리끼리 짚단을 깔고 둘러앉았다. 장작불에 이내 솥뚜껑이 달아올랐다. 춘삼이 아재가 잘라준 돼지비계로 기름을 내며 찌짐을 부쳐 냈다.

나는 이 집 큰 머슴, 새끼 머슴과 같이 마당 가운데 화톳불 피울 준비를 하고 그 주위에 멍석을 가져와 깔았다.

돼지 멱을 따고 좀 있다가 후지코가 검정 교복을 입은 채 돌아왔다. 끔찍할 수 있는 돼지 잡는 장면을 후지코가 보지 않아서 다행이었다.

마당에 들어설 때 나하고 딱 마주쳤다. 어른들 눈 때문에 둘 다 서로 모른 척 내외했다.

안방으로 들어갔던 후지코가 노란 삼베 상복 차림으로 나왔다. 빈소에 들어가 곡을 하고 나왔다. 울어서 눈이 벌겋게 부어 있었다. 그런데도 마당에 햇살이 들이치듯 환했다.

이번에 올 때 이광수의 '무정'을 가져오기로 했는데 상을 당해서 갑자기 온 것이다. 책은 가져오지 못했을 것이다. 가져왔다 하더라도 상중이라 둘이 만나 건네받을 수도 없을 것이다.

상여 나가기 전날이다.

사음 댁 너른 마당 가운데 화톳불이 나흘째 벌겋게 타올랐다. 남자 어른들이 불 주위에 마실에서 가져온 멍석 다섯 장을 깔아두고 무리무리 둘러앉았다.

밤늦어 돼지비계 한두 점 떠 있는 콩나물국밥에 막걸리 몇 잔이 따라 나왔다. 새끼 머슴과 같이 나도 국밥과 함께 한 잔 얻어 마셨다.

　한 잔 더 달라고 했다가,

　"대가리 쉬똥도 안 마른 자석들이"

　소리만 들었다.

　"김 주살 내지까지 보내 공부시킨다꼬 논밭전지 거반 다 거덜냈지. 멀쩡한 내 땅, 지주가 아니라 사음으로 지내민서 영감재이 속 어쨌을까? 솔찮게 끓였을 거야."

　"목소리 낮추게. 안에서 듣기라도 하면 뭐 좋을까?"

　"그려, 그려."

　"사음 영감, 저승 가서도 맴 편할까?"

　"그래도 사음 영감, 일평생 무논에 발 한번 담갔나. 누가 누굴 걱정해."

　"그려~. 내 분에 걱정해 줄 깜냥 아니지."

　"사음 영감 오랫동안 참 땐땐했는데."

　"그래도 말년에는 좀 베푼 편 아이가?"

　"음~. 범보 마실 인근에서는."

　"사래미 아주 갈 때 되만 바낀다고 하더이."

　"그르커쩨. 그나저나 이제 울 김 주사가 지 애비도 없는데 사음으로 무슨 작당질이나 할까 걱정이네."

　"어째 울 김 주사야? 언제 자네가 김 주사와 그리 가까워졌나?"

　"하~ 참. 우리 동네 김 주사란 말이제."

"내 땅 남에게 넘기기만 해 봐라. 김 주사고, 쇠다리 주사고 뭐고 간에 내 그냥 안 둔다."

"워~~ 소리 좀 낮추게."

"그란데, 또쫄이, 우째 자네, 근년에 땅 한 마지기라도 장만했는가? 자네 부치는 땅 다 박양산이 땅이지?"

"내사 땅 주인이라고 했나. 내 부치는 땅이란 야그지."

"소작권도 땅 주인 맴 아이가?"

"아무리 그래도, 내 땅처럼 가꾸는 것 자네들도 알잖는 가?"

"목소리 낮추래도. 우리가 알아봐야 무신 소용이가. 박 양산이가 그렇게 생각해야지."

"맞아 박양산이가 또 우리 속내야 우찌 알겠는가?"

"그랴, 박양산이가 아는 우리 속내사 김 주사 말하기 나름 아닌가."

"그려. 자네 땅 아무리 잘 가꿔 봐야 말짱 도루묵이네."

"자네들, 내 부치는 땅, 넘보지 말라는 말이야."

"문디 콧구녕에 마늘을 빼먹지."

"근데, 김 주사가 내지에 가서 정말 공부한 것 맞나?"

"와?"

"이 손바닥만 한 범보로 돌아와 지 아배 하던 사음이나 물려받고."

"공부에 에지간히 디었겠지. 그라이 지는 내지까지 가서 논밭 팔아가며 탱자탱자 공부했으만서도 지, 아들 둘은 다 소핵교 마치자마자 논밭으로 내몰았지. 아들들 무논에 몰아넣으만서 지는 지 아배처럼 무논에 발 한번 안 담그잖아.

지 새끼들한테도 그란데 작인들한테야."

"내도 걱정이네, 김 주사가 우리 처지 알까? 생각이나 할까?"

마실 아배들은 넓은 마당 화톳불 앞에서 모처럼 걸친 막걸리 몇 잔에 찌짐 안주 몇 점으로 허튼소리, 군소리로 속낼 나누며 수군거리고 있었다.

그때, 후지코가 안방에서 나와서 나와 눈을 마주쳐보고는 별채 뒤뜰 감나무 그늘로 숨어들었다.

"할배 상중이야. 안 돼."

후지코가 단숨을 내쉬며 나를 밀어냈다.

이윽고,

"책, 가져오지 못해서 나온 거야. 갈 때까지 이번엔 더 못 봐."

옷섶을 여미고 그늘을 골라 후지코가 먼저 갔다. 나는 한참 동안 후지코가 껴안고 있던 감나무에 기대앉아 있었다.

상 치르고 두 달도 안 되어 마실에 말이 돌았다. 사음이 바뀌었으니 김 주사 제 아비가 지주 박양산에게 주선한 소작 계약은 이번 해로 끝이라는 말이었다.

"노봉방이 어디 해마다 나오나. 삼대 구 년 만에 정말 어쩌다 얻은 건데 5년짜리 계약서가 한 해 만에 무효라고?"

아버지, 송또쭐이 화를 냈다. 나랑 둘이 말벌한테 쏘여 가며 토곡산 안골 바위 절벽 위에서 목숨 걸고 따온 말벌 집이었다.

가마솥에 쪄서 말린 노봉방 두 개를 지주 박양산한테 하나, 김 주사 제 아배한테 하나. 받쳐서 얻은 5년짜리 소작 계약서다. 그걸 무효라 한다며 밤마실 갔다 온 아버지가 마실에서는 어떻게 했는지 모르지만, 집 마당에서 동네 시끄럽게 펄펄 뛰었다.

복더위가 시작되는 염천이었다.

김매기도 끝났다. 마실 젊은, 그리고 좀 낫세 든 아배들 예닐곱이 어둑살이 내린 후 횃불 만들어 들었다. 족대로 원동천을 훑었다.

매운탕에 집에서 담근 밀주 몇 잔씩 나눈 것까지는 좋았다. 소작권 문제가 나와서 떠들다가 그만 아배들이 술김에 김 주사에게 따지자며 소매를 걷어붙였다. 예닐곱이 후지코 할배 김 주사 집으로 몰려갔다.

마침 김 주사 집 대문이 열려 있었다. 대문과 넓은 마당을 가로질렀다. 높다란 사랑마루 앞에 섰다.

그런데, 아버지랑 춘삼이 아재뿐이었다. 같이 나섰던 마실 아배들 대여섯은 마당으로 들어오지 않았다. 대문께에

엉거주춤 몰려 있었다. 아버지랑 춘삼이 아재도 그만 술기운이 싹 가시어 돌아섰다.

그때, 사랑방 문이 열리며 김 주사가 높은 사랑마루로 나와 굽어보며,

"어, 거기 또쭐이 하고 춘삼이, 이 밤중에 뭔 일인가? 연락도 없이?"

아버지가 어버버하는 사이에 춘삼이 아재도 물색없이 꾸벅 인사만 하고 대문께로 물러섰다. 그새 대문께 아배들은 대문 밖으로 숨었다.

"또쭐이, 이 사람아. 이 밤에 뭔 일인가?"

"김 주사 나으리, 마실 사람들이랑 같이 왔는디 저 혼자네요."

"그래서?"

"소작 계약 안 바꾸지요?"

"이, 무슨 버릇인가. 감히 여기 와서 술주정이야. 썩 물러가게."

김 주사가 사랑마루를 쾅 굴렀다. 아버지는 찍소리도 못했다. 비실비실 물러났다.

모난 돌이 정 맞는다고 했다. 아버지기 그날 밉보였던 모양이다. 결국 그해 늦가을 소작료 낼 때 사달이 났다.

농사지어 거둔 것 가운데 가장 잘된 것으로 골라 담았

다. 소출의 반이 훨씬 넘었다.

사음 댁하고 우리 집 사이에 오르막이 하나 있다. 그래서 내가 끌고 아버지가 뒤에서 밀었다. 아직 내 힘이 아버지만 못하기 때문이다. 만약 잘못되어 뒤로 밀릴 때 혼자 힘으로 손수레를 떠받칠 수 있어야 했다.

손수레로 두 번 오갔다. 김 주사 넓은 마당에 인근 동리에서 가져온 곡식들이 쌓였다.

아버지 차례가 되었다. 되질을 생각해서 아주 넉넉히 가져온 덕에 두어 말 남겨서 가져오게 되었다.

박양산이 높은 사랑마루 위에서 두꺼운 보료 위에 앉은 채 물었다.

"자넨 누군가?"

"송또쭐입니다."

"송또쭐?"

박양산이 사랑마루 아래 서 있던 김 주사를 건너봤다.

"저 안골 논이랑 머들 논 받아 짓는"

"뭐? 이놈이?"

박양산이 화를 버럭 냈다.

"말린 땡비집인지 뭔지 갖다주고 노봉방이라? 곡식도 신찮은 것들만 골라 가져온다며? 인젠 일없다. 내 논 부치지 마라."

"질때 그러치 안십니더. 하늘이 굽아봅니더."

아버지 송또쭐이 온 힘을 다해서 변명하려 했다. 그러나 소용이 없었다. 그때, 김 주사가 나서 말렸다. 아버지에게 일 풀어 주겠으니 물러가라 했다. 하릴없이 물러 나왔다.

한없이 찜찜했다. 그러나 그 후 박양산에게서도, 김 주사에게서도 5년 계약 파기에 대해 더 다른 말이 없었다.

열여섯.

봄이다. 벌써 우수다. 봄갈이 시작할 때가 되어 간다.

그런데 이번 겨울방학 때에는 후지코가 집에 오지 않았다. 마실에 무슨 소문이 돈 걸까? 김 주사가 뭔 말이라도 들은 것일까?

그러면서 사월 새 학기에 후지코를 내지(일본)로 유학 보낼 것이라 했다. 무언가 찜찜한 게 마음에 몹시 걸렸다.

세밑에 왔을 때 별채에 숨어들어 뜨겁게 달은 몸은 확인했다. 그런데 무언가 전처럼 하나로 온전히 섞이지 않았다. 세 번, 네 번을 나누어도 마찬가지였다.

본격적으로 봄갈이 시작하기 전에 어찌해서든 동래에 가 봐야겠다. 동래가 손바닥만 하지는 않겠지만 주소 따위는 몰라도 찾아보면 후지코를 못 만날 것 같지는 않았다. 내지로 가고 난 다음에 만나려면 거기까지 가기도 어려울 뿐만 아니라 찾기도 너무 힘들 것이다.

범보에 얼음이 풀렸다. 대나무 통발을 새해 첨 넣었다.

안골 개울에서 아직 겨울잠에서 깨지도 않은 개구리를 잡아 짓찧어 미끼로 했다. 원동천과 안골 개울물이 만나는 곳 조금 아래 소가 만들어진 곳이다.

해지고 한참 뒤에 어두워져서 넣었다가 새벽 어스름이 다 걷히기 전에 거두었다. 통발째 잃어버리지 않으려면 그렇게 해야만 했다. 우리 동네 앞이라 없어질 일은 없겠지만 조심이 최고다.

밤새 얼어붙은 얼음을 깼다. 통발 묶은 줄을 당겼다. 제법 묵직했다. 대나무 통발을 걷어서 집으로 왔다. 날이 새어 환해졌다.

우물물을 길어 씻었다. 통발 열 개를 다 씻어서 마르도록 처마 아래 걸었다. 배를 따서 정리한 게 한 됫박은 되었다.

새해 첫 수확이다. 엄청 좋다. 한 사나흘 찌갯거리 걱정은 덜었다. 이렇게 잡은 물고기 덕에 또래 중에서 내가 키도 몸도 젤 좋다. 마실에서 어른 가운데 젤 큰 아버지보다 벌써 반 뼘은 더 크다. 인물도 마실에서 젤 훤하다고 할매는 날 장가보내라 한다. 안 그래도 사흘이 멀다하고 멀리서나 가까이서나 말들이 들어온다고 했다.

하지만 후지코 이야기는 입도 뻥긋할 수 없는 일이다. 후지코 할배 김 주사가 알았다가는 멍석말이 당할 게 틀림없다.

아침 술을 들고 동래 한 번 구경 가고 싶다고 했다가 아버지에게 한 대 맞을 뻔했다.

아버지는 새로 빨았지만 땟국물이 여전히 다 빠지지 않은 중의적삼 차림으로 안골 논갈이할 소 빌리러 나섰다. 아버지가 나가고 난 다음 엄마한테 논갈이 시작하기 전에 동래에 다녀올 테니 여비를 준비해 달라고 하고 토곡산으로 삭다리(삭정이) 하러 나섰다.

나뭇짐을 삭다리로 다 채우지 못했다. 산을 메우고 있는 갈참나무는 우수 지난 지금까지도 마른 갈잎을 매달고 있다. 갈참나무 곁가지를 조선낫으로 쳐서 속에 넣고 겉은 삭다리로 쌌다.

지게를 가파른 경사지에 두었다. 나뭇짐을 각지게 묶어 지게를 세웠다. 지게뿔을 잡고 흔들어 봤다. 200근은 좋게 나가겠다.

어린 눈에 아버지는 반듯하게 각진, 동산만 한 나뭇짐을 지고 오셨었다. 그만은 할까? 크기는 몰라도 아버지 나뭇짐처럼 반듯하게 각졌다.

지게작대기로 사립문을 밀어 열고 마당에 들어섰다. 소 빌리러 갔던 아버지가 할매랑, 엄마랑 안방 앞 조그만 쪽마루에 나란히 앉아 있었다.

"종우야, 이제, 우리 종우 장골이다. 그라치만 삐끗하만 큰난다. 짐 좀 줄라라."

지게를 받쳐두고 몸을 뺐다. 아버지가 불렀다.

"어메도. 질만 하이 지고 왔겠지요.

그라고 잠만 와봐라."

소매로 얼굴에 흐르는 땀을 닦으며 할매 옆에 앉았다.

"너, 뭣 땜시로 비란간 동래 갈라고 그라나? 허파에 바람 든 건 아이지?"

"논갈이 시작하만 어데 갈 수 없잖아요. 태이나서 원동면 바깥엔 한 분도 나가보지 못했는데. 바람 한 분 씰라고요."

"그냥 바람 한 분 씰라고 그 먼 동래까지 간다꼬?"

"야."

"니, 솔직히 말하거래이. 헛말하만 콱, 직이뿔끼다."

아버지가 이렇게 험한 말을 한 건 첨이다. 태어난 이래 들었던 기억이 없다.

"뭔 말을 글쿠로 하나. 아~, 말. 들어나 보자."

할매가 몸을 틀어 아버지 시선을 가렸다.

"마실에 말이 돈다. 니가 후지코랑 몰래 만난다꼬. 봤다는 사램이 여럿이다. 그란 소문이 후지코 할배 귀에 들가만 닌 멍석말이다. 만났나?"

"……."

"말해라."

"책 빌리러 미쁜…."

"다른 일은 없었쟈?"

"야."

"앞으론 책도 빌리지 말고 우짜뜬 만나지 마라. 질~때로 만나지 마라."

"야."

"동래 못 간다. 뭔 소문 날지 모린다."

"……."

"대답 안 하나?"

"야."

원동 장날이다.

아직 땅속까지는 풀리지 않았다. 춘분은 훨씬 지나야 논 갈이할 수 있다. 안골 일할 소는 날 잡았지만 머들 논 갈 소는 날 잡지 못했다. 아버지가 새동네로 소 빌리러 갔다. 엄마는 마실 엄마들과 토곡산에 봄나물 캐러 갔다.

부엌 가마솥에 물 데워 귀한 빨랫비누로 목욕하고 설에 입었던 바지저고리에 두루마기 걸치고 장에 간다고 나섰다.

할매가 온 마실이 다 훤해졌다며,

"동래는 안 된다. 니 애비 알만 내도 죽는다."

신신당부했다.

"장터 가서 소학교 동무들 만난다니까. 할매, 걱정 마라."

며칠 전, 마실 엄마들이랑 엄마가 쑥 캐어 왔다.

"후지코, 약혼했단다."

부산포에서 무슨 상회하는 부잣집 아들이랑. 춘분 무렵에는 부산에서 혼인식하고 초행, 재행도 없이 곧바로 새신랑, 새신부가 내지(일본)로 유학 간다고 했다.

마실 잔치 때에도 신랑, 신부 모두 내지로 가고 없어서 신랑, 신부 없이 한다고 했다. 신랑 집에서 유학 비용을 다 댄다고 했다.

기차로, 목탄버스로 동래에 닿아 사흘을 이 잡듯이 찾았으나 만나지 못했다. 하숙집에서 나가 약혼자 집에 들어갔다는 말을 들었다.

닷새째, 거지꼴이 되어서 넓은 정원이 딸린 신랑 집을 찾았다. 멀대처럼 키만 커다란 신랑을 향해 흰 면사포를 걷고 환하게 웃는 얼굴을 보고 말았다. 그 웃음이 너무 눈부셨다.

닷새 동안 몇 끼를 굶어 허한 몸만치 허한 정신으로 터벅터벅 걸어, 깊은 밤을 건너, 새벽 무렵에 정신을 차리니 집 방안이었다.

내리 사흘을 앓았다.

아버지도, 할매도, 엄마도 내게 아무것도 묻지 않았다.

일어나기는 했다. 방 안에만 있었다. 그냥 며칠이고 빈둥거렸다. 그러다가 머들 논이 있는 황산강 배후 습지에 대나무 통발을 넣고 한나절을 기다려 걷어 집에 왔다.

"아버지 어디 가셨어요?"

"김 주사 댁에서 불러 저녁술도 들지 않고 갔다."라는 말
에 나는 깜짝 놀라서 들려던 밥술을 놓았다.

짚신을 찾아 꿰고 아랫말 김 주사 댁으로 냅다 뛰었다.
아직 뛰기에는 어지러웠다.

불과 며칠 전에, 내가 누워있을 때, 후지코 아버지와 삼
촌, 그 집 큰머슴, 이렇게 셋과 머들 논 소작 때문에 아버
지 혼자서 3대 1로 한댓거리 했다고 들었다.

후지코 할배인 사음 김 주사 댁에 갔다면 아버지 성질에
무슨 일이 생길지 모르겠다 싶었다. 후지코 할배의 그 독
새 눈빛이 떠올랐다. 어지럽기도 했지만 달리면서도 소름
이 돋았다.

김 주사 집 대문께에 들어섰다.

걱정했던 일이 기어코 터졌다. 아버지가 쓰러진 채 사음
김 주사 집 높은 사랑마루 끝으로 끌려 나왔다. 후지코 아
버지가 아버지를 풋볼 차듯 축 밑에 차 내리었다.

"야, 이 더러번 놈들아. 울 아버지가 뭔 잘못을 했길래
이라노."

뱃속에서부터 머리끝으로 열불이 치솟아 아무것도 보이
지도 들리지도 않았다.

—

속이 메스꺼운데 누군가 걷어차인 턱을 건드리고 있다.

"아~씨. ~새끼! 찬 곳 또 차냐?"

"아쭈!

진작에 정신 돌아와 있었네. 고정식. 정신없는 척,

뭐? 쌤 보고 '아~ 씨, ~새끼!' 한번 뒤져보실래요?"

체육관 안이었다.

"고정식. 이 곰새~야! 계속 연극하고 자빠져 있을래?"

"이거 뭐지?"

똑같은 꿈을 반복해서 꾸는 것 같은 이 상황.

콧속이 서늘해지면서 코피가 주르르 쏟아졌다.

모순

등 뒤에서 저릿하면서 선뜻한 느낌이 몰려왔다. 그것이 내 몸을 관통해서 지나갔다. 또 아빠가 날 들여다보는 모양이다. 아, 싫다. 내 방문은 스물네 시간 열려 있다.

아빠는 유령처럼 내 등 뒤에 섰다. 털이 많은 손이 어깨를 넘어왔다. 내가 읽고 있는 '길벗'을 집어 들었다.

"아빠, 그것 문학 수행평가 자료예요."

뒤에서 책장 넘기는 소리가 들렸다.

"조별 과제로 그것 읽고 구조 정리해서 우리 조 단톡방에 오늘 중으로 올려야 해요."

"그래, 아빠는 우리 최고운이 늘 믿고 있다. 그냥 잠만 '4당 5락'이 아니다. 깨어 있는 매 순간 집중해야 한다."

"네, 아빠."

"지나가 실패한 것 네가 복구해야 한다."

"네."

아빠는 들어올 때처럼 소리도 없이 나갔다.

아빠는 회사에서 중도 퇴직했다. 늘 그랬듯이 거실에서 TV도 끈 채 사전을 펼쳐 놓고 영어 원서를 읽고 있을 것이다.

아빠가 실패했다고 하는 누나 최지나는 지금 서울에 있다. 소위 SKY는 아니지만 버금가는 곳으로 진학해서 집에서 탈출했다.

그런데 나도 그게 가능할까? 내신은 누나랑 엇비슷하다. 그러나 모의고사 성적이 많이 모자란다. 현실이 이런데도 아빠는 누나보다 내게 더 큰 기대를 걸고 있다.

'길벗'의 구조는 작품의 길이 이상으로 단순했다.

'나'와 '전'이 부산에서 인천으로 호송되는 중이다. 귀환 동포로 열차 안이 혼잡했다. 열차가 대구역에 정차했다. 깊어진 밤과 그 혼잡한 틈을 타서 우리는 창문을 통해 탈출했다. 골목길을 걸어 달성공원 쪽으로 갔다.

인민위원회에 간 후 돌아오지 않는 아들을 기다리는 안 노인(노파)을 만났다. 안노인 딸 집에서 하룻밤을 묵고 진주로 가는 버스를 탔다.

그런데 버스가 거창에서 멈췄다. 거기서 마침 진주로 가는 도라꾸(트럭)를 얻어 탔다.

그런데 그 도라꾸가 거창 경찰서로 들어갔다. 경찰서장

과 정복을 입은 경찰들을 태우고 진주로 향했다. 그 도라꾸에 가득히 탄 정복 경찰들이 '붉은 기' 노래를 부른다.

자신들의 서장은 친일 반동이 아닌 민선 서장이라 했다.

여기서 생각해 보자. '길벗'이 발표된 것이 1948년 10월 1일자 잡지 《衆聲중성》이다. 여순사건이 그해 같은 달 19일에 일어났다. 진주에서 여수는 멀지 않다. 이 경찰들과 나하고 전은 진주를 거쳐 여수로 가는 것일까?

그렇다면 여순사건은 어느 진영에서 일찍부터 예비하고 있었다는 것이 된다. 어느 한 진영에서만 예비하고 다른 진영에서는 몰랐을까? 세계를 대상으로 전략을 짜는 나라에서도 몰랐을까?

뒤통수가 또 저릿했다.

"아, 아빠. 인터넷 통해 자료 검색하는 중이라구요."

뒤돌아보니 아무도 없다.

–

장마 끝. 날이 들었다.

엄마가 잿물에 삶은 이불 홑청과 중우적삼 따위를 나무 대야에 이고서 개천으로 나서려 했다. 소학교 육학년 열세 살 만줄이가 번쩍 받아들고 사립문을 나섰다.

집 뒤 제방 아래 빨래터엔 맑아진 다방천 물살이 제법이다.

"만희야, 너는 따라오지 말고 만숙이, 만재 봐라. 근데 중이는 어데 갔노?"

"아까 싸리 삼태기 들고 다방천 냇가로 갔어요."

작년에 든 흉작 때문에 다니던 소학교를 2학년도 다 마치지 못하고 중퇴한 큰딸 만희가 대답했다. 만희는 사립짝까지 따라오다가 돌아섰다. 열어둔 안방 문턱을 내려서던 네 살 만숙이가 만희를 보고 문틀에 기대어 가만히 서 있다.

방 안에서 갓난쟁이 만재의 칭얼대는 소리가 났다. 만희가 만숙이 손을 잡고 안방으로 들어갔다. 칭얼대는 소리가 그쳤다.

만줄이가 나무 대야를 빨래터에 내려놓았다. 저만큼 아래 얕은 갈대밭 물가에서 싸리 삼태기로 물고기를 잡고 있던 일곱 살 만중이를 찾았으나 얼른 눈에 들어오지 않았다. '그새 어딜 갔지?'라며 다시 둘러보았다.

저만큼 훨씬 아래쪽 센 물살에 만중이가 삼태기와 함께 물속으로 가라앉았다 떴다 하면서 떠내려가고 있었다.

제방 가 풀밭에 엎드려 물을 토했다. 이마와 오른쪽 어깨, 왼 무릎이 아팠다.

"중아, 이제 숨 쉴 만하냐?"

까까머리에 먹물 적삼을 입은 꼬맹이가 내 등을 치던 손을 치우고 걱정하는 얼굴로 나를 내려다봤다.

'이 꼬맹이는 누구지?' 생각을 더듬는데 다시 토할 것만 같았다. 어지럽다. 풀밭으로 고개를 숙이고 물을 몇 번 더 게워냈다.

머릿속으로 정보들이 쏟아져 들어왔다. 지금 풀밭에 엎어져 있는 나는 고2 최고운이 아니다. 일곱 살, 이만중이다. 등을 두드리는 까까머리는 열세 살 만줄이 행님이다. 이 몸의 엄마가 헐레벌떡 뛰어오고 있다.

"줄아, 중이 괘안체?"

"야. 물 좀 먹은 것 같은데 별일 없을 것 같아요."

"얼굴도 그렇고 입술이 새파랗다. 마이 놀랬구나. 업히라. 집에 가자."

엄마가 업으려는 것을 줄이 행님이 나를 업고 집으로 왔다. 이내 어지럼증이 가라앉았다. 줄이 행님 등뼈랑 내 갈비뼈가 서로 맞닿아 아팠다. 그래도 오랜만에 업힌 행님 조그만 등짝이 포근했다.

작은방까지 그냥 업힌 채 왔다. 작은방에서 흠뻑 젖은 내 중우적삼을 엄마가 다 벗겼다. 뜨끈한 안방 아랫목에 나를 눕히고 홑청 뜯어낸 솜이불로 덮어주었다.

칠월 염천이지만 밥하고 국을 끓이느라 안방은 늘 따끈

따끈했다. 다방천 찬물에 떠내려가며 물을 먹었던 탓인지 뜨끈한 것이 좋았다. 덜덜 떨게 하던 냉기가 걷혔다.

금세 잠이 들었다. 내 속에 최고운이 들어온 첫 기억, 일곱 살 여름이었다.

소학교 3학년 여름 방학이다.

다 늦어 모내기한 다방들 논바닥이 거북등처럼 쩍쩍 갈라졌다. 가까이 있는 양산천 물은 갯물이 섞여 있어서 그 물을 길어 논에 주면 나락이 말라 죽는다고 했다.

내가 논바닥에 웅덩이를 파자고 했다.

"여기 논은 갯벌을 돋워서 만든 거다. 깊이 파서 나오는 물에는 아직 소금기가 많다. 그 물 주면 나락이 더 빨리 타 죽는다."

소학교 문턱이라도 한두 해 다녔던 아버지가 어린 내게 웅덩이를 파서 안 되는 이유를 설명해주었다.

아버지와 열여섯 살이 된 줄이 행님이 교대로 다방천 '돌틈이'까지 가서 물지게로 물을 져 왔다. '돌틈이'까지는 갯물이 들어오지 않는다고 했다.

물지게 두 양동이 물을 마른 논에 부었다. 물이 닿자 허옇게 말라 갈라졌던 땅이 검은 회색으로 스멀스멀 붙으며 갈라졌던 틈을 메웠다. 두 양동이 물로 두어 평 남짓 적셨다.

아버지와 줄이 행님이 교대로 한 시간에 석 짐 정도씩 져 날랐다. 나도 방학이라 돌틈이, 냇물 속 찬물 솟는 물가에 앉아 기다렸다. 물지게가 오면 바가지로 긁어 물을 양동이에 퍼 담았다.

어두운 새벽부터 길이 보이지 않는 밤까지 열여덟 시간을 교대로 져 날랐다. 사흘에 한 마지기 남짓 적셨다. 한 번 부어준 물은 한나절이면 겉이 말랐다.

이웃들이 모두 우리보고 미쳤다고 했다.

"기주, 이 사람아! 사람이 살고 보는 게 먼저 아닌가? 그러다가 자네나 자네 만줄이 더위 먹고 씨러져."

"씨러지만 말지 뭐. 나락 타들어 가는데 손 놓고 있을 수 없어서."

"만줄이가 참 소자(효자)네. 정말 이제 장골이고."

"그래, 이제 장정 한 몫 단단히 하네."

줄이 행님은 소학교 졸업반이 되던 3년 전부터 틈틈이 대나무를 구해 와서 그것으로 어항(통발)을 만들었다. 행님이 엉성하게 만든 대나무 어항을 보고 처음에는 아버지가 웃었다.

"거기에 뭘 고기가 들어가겠냐? 줄아, 헛심 쓰지 마라." 라고 했다.

그런데 갈수록 솜씨가 늘었다. 아버지와 엄마가 이제 구포 장에 내다 팔아도 되겠다고 했다.

그때부터 해가 지고 어둑해지면 대나무 어항 대여섯 개를 양어깨에 걸쳐서 지고 제방을 따라 갯목 쪽으로 갔다왔다. 어항 안에는 행님과 내가 틈틈이 잡아 둔 갯지렁이나 짓찧은 개구리가 들어 있었다.

그리고 밝아지기 전 새벽에 다시 갯목 쪽으로 갔다. 빈 어항을 메고 올 때가 많았다. 그래도 가끔은 잉어나 떡붕어, 숭어, 갯장어 같은 것을 한두 마리, 많으면 대여섯 마리씩 담아왔다. 더 많이 잡았을 때는 잘 손질해서 아가미를 꿰어 처마 아래 말리기도 했다.

가끔 털 많은 참게도 잡아 왔다.

'돌틈이'에서 물을 길어 날라 논에 부으면서도 어항 놓고 거두는 일은 빠지지 않았다.

그 덕인지 우리 식구들이 이웃 아이들보다 같은 나이에 체구가 컸다. 특히 행님은 또래보다 체격이 좋았다. 키는 또래뿐만 아니라 마을에서 가장 컸다. 그렇다고 아버지와 엄마가 특별히 큰 것도 아니었다.

스무날이 훨씬 넘게 아버지랑 행님이 미친 짓을 했다. 그 덕에 우리 논 서 마지기 나락은 근근이 살렸다. 그리고 소작논 열 마지기 가운데 물길이 좋은 두 마지기도 살렸다.

나머지 여덟 마지기는 나락이 다 말라 죽었다. 갈아엎고 팔월 들어서야 메밀 씨앗을 뿌렸다. 메밀 씨앗 넣은 며칠

후 다행히 비가 조금 내려 싹은 났다. 하지만 계속된 가뭄 때문에 메밀은 볼품없이 말라비틀어졌다.

물기가 좀 있는 두어 곳은 푸른빛이 도는 굵은 대궁으로 쑥쑥 자라 어른 허리춤 넘게 수북했다.

그러나 그런 곳은 다해서 한 마지기 넓이도 안 됐다. 다른 곳들은 한두 뼘이나 될까 싶게 자랐다. 푸른 대궁으로 쑥쑥 잘 자란 메밀에 비해 온 밭에 널린 메밀 붉은 대궁이 애잔했다.

—

짜증이 났다. 안 그래도 아버지한테 손바닥을 열 대나 맞았다. 손바닥과 손가락 여기저기 멍이 들었다. 아직도 많이 아팠다. 수학 모의고사 성적을 약속대로 올리지 못한 탓이다.

고등학생이 되어 모의고사 성적 때문에 아버지에게 손바닥 맞았다. 이런 학생이 세상에 나 말고 또 있을까? 아버지는 사랑의 매라 한다. 그러나 사랑과 매는 서로 연결되지 않는 말이다.

'꽃으로도 때리지 말라' 했다.

—

가을걷이철이 되었다. 지난여름 가뭄 때문에 뭐 걷을 게 없다. 거둘 게 있어야 소작료를 내든 말든 할 것 아니냐는 말들이 많았다. 소작료를 내지 못해 올해는 야반도주할 집들이 많다고 했다.

평작일 때 소작료가 6할, 지세가 1할이다. 비료를 마련하고 모든 노동력을 다 투자한 소작인이 겨우 3할을 갖는다.

불평하는 말들이 여기저기 돌았다.

군에서 주사 나리가 서기 몇 사람 데리고 나왔었다. 주사 나리가 간평(看坪)을 하고 갔다. 올해 지세는 많이 감면될 거라 했다. 하지만 6할에 이르는 소작료에 대해서는 아무 말이 없었다. 하긴 땅 주인도 아닌데 주사 나리에게 무슨 권한이 있을 게 없다.

양산천 건너 메깃들은 거의 동척 소유다. 양산천 저쪽 교리나 어곡, 소토리 쪽은 대부분이 박 교위 댁 땅이다. 양산천 이쪽 남부리, 북부리, 상북면 일대 땅은 거의 다 배 찰방 댁에 속한 토지다.

지금 배 찰방의 할아버지가 조선 말에 잠시 황산 역참 찰방을 지냈다고 했다. 그래서 아직도 그렇게 부른다.

그런데 지주인 배 찰방은 서울에 살고 있다. 그래서 네 명의 사음(마름)이 그 댁 토지를 관리하고 있다. 남부리 일대를 맡은 사음은 우리 동네 복판, 마당 넓은 집에 사는 윤 주사다. 우리 집에서도 배 찰방 댁 논 열 마지기를 윤 주사에게 내려 받아 소작 짓고 있다.

　아버지와 줄이 행님은 낮 동안 일로 피곤해서 저녁 먹자마자 곯아떨어졌다. 한번 잠에 빠지면 새벽까지 둘 다 그렇게 잤었다. 그런데 요즘은 밤늦게 일어나서 동네 집회소로, 야학당으로 마실 갔다. 아버지와 행님은 내가 잠들어 세상모르는 시간이 될 때까지 돌아오지 않았다.

　예년 같으면 가을걷이할 때다. 하지만 우리 집에서도 동네 다른 집들처럼 자작하는 논 나락만 걷었다. 소작지 나락이나 메밀은 그냥 두고 있다.

　"행님아, 나락 걷을 때 안 됐나? 아랫배미 나락은 다 걷어 타작까지 끝냈는데 윗배미 나락이랑 메밀은 와 안 걷노. 이렇게 걷지 않아도 괜안나?"

　"넌 아즉 자세한 몰라도 된다. 윤 주사가 배 찰방 댁과 의논 끝내야 한다. 의논이 어떻게 끝났는지 갈차주면 가을걷이할 거라고 하더라."

　"의논이라마 도조 말하는 것이제?"

　"그래, 지세는 안 내도 될 것 같기는 하다더라. 내더라도 평년의 10분지 1이나 2 정도?"

　"그라마 도조도 평년의 10분지 1이나 2만 내야 되잖나?"

　"하하, 그라만 좋제. 하지만 그 건 아일 끼다."

　"그라마 배 찰방 댁에서 간평으로 언제 누굴 보낸데?"

"니가 간평이라는 말도 아나?"

"맨날 듣는 말 아이가."

"이제 마이 늦었으이 곧 나오겠지. 배 찰방 댁 사음들이 해마다 간평 했으니 올해도 그렇겠지."

"그람, 진숙이 아부지도 간평하겠네."

"당연히 간평 하기는 할 거지만 다른 동네 가서 하겠지. 자기가 사음인 땅 간평은 안 하더라. 그래야 원망을 덜 듣지."

북부리에 있는 소학교에서 수업 마치고 윤 주사 댁 골목으로 들어섰다. 대문 어귀부터 윤 주사 댁 넓은 마당에 작인들로 가득했다. 앞서거니 뒤서거니 같이 왔던 진숙이가 먼저 집으로 뛰어 들어갔다.

가깝게 지내는 동네 아저씨들에게 인사를 했다. 마당 여기저기에서 흘러나오는 이런저런 이야기들을 들었다.

올 한 해만 소작료 6할을 5할로 1할 내린다고 했다. 지세 1할은 1부로 내린 것을 그대로 작인들이 내야 하는 것으로 배 찰방 어른이 결론을 내렸다고 했다. 윤 주사 어른이 다른 사음들과 같이 서울까지 가서 힘들게 깎은 것이라고 했다.

소작인들이 불만을 쏟아내고 있었다.

"이기 깎은 거야? 얹어 주고 온 거지? 내~는 소작료가 없다캐도 온 식구 다 보리타작 전에 굶어 디질 지경이야."

"자넨 형편이 참 정말 좋네. 내년 여름 보리타작 전꺼정 먹을 것 다 있고. 내는 암만캐도 올겨울도 못 볼 것 같네. 소작료 내고 나만 당장 오늘 낼 굶어죽을 판국이여.

올같이 험한 숭년엔 찰방 어른이나 다른 지주들 소작료 받을 기 아이라 곳간 열어야지. 작인들 살려 놔야지. 그라야 내년 농사짓지. 작인들 다 굶가 죽이고 찰방 어른이 무논에 들어갈랑가?"

"사람이 나무 땅 썼으만 시~를(사용료를) 내야지. 하나도 안 내고 공짜로, 나무 땅 부치나. 찌끔은 내야지."

"아따, 성샘이 자네. 양반이네. 아니 신선이네. 자네는 솔잎만 먹는 신선인지 몰라도 자네 식구들은 아마, 아니, 틀림없이 아일 낀데."

"마이 내자 카나. 올 같은 숭년엔 지센 없어야 하고 소작료는 한 1할쯤. 평작 땐 지세 포함 4할쯤."

"평작 때 소작료가 글타만 좋지. 그라야 올 같이 숭악한 숭년 만나도 근그이라도 목심줄 안 끈키지. 그나저나 소작료 타령할 때가 아닌 것 같네. 간도든, 연해주든 알아봐야지."

평작에 지세 포함 4할은 아버지하고 줄이 행님이 집에서 두런두런 이야기하던 것이다.

동네 집회소, 야학당을 다녀와서 이야기 나눌 때 4할이라는 말을 했다. 자다가 오줌 누는 일이 거의 없었는데 그

날따라 오줌이 마려웠다. 대문 옆 울타리에 누고 방으로 들어와 누웠었다. 그때 아버지랑 줄이 행님이 들어오며 두런두런 이야기하던 것이다. 농조란 말도 들은 것 같다.

집으로 바로 가지 않았다. 진숙이 집 앞에서 아버지랑 줄이 행님을 찾아보았다. 아버지는 보이지 않았다.

마당 가운데쯤에 서 있던 줄이 행님이랑 눈이 마주쳤다. 행님이 나더러 빨리 집으로 가라고 손짓을 했다. 내가 좀 더 있다가 가겠다고 고개를 흔들었다. 행님이 화난 표정을 지었다. 손을 크게 흔들어 집으로 가라고 했다. 뒷일이 궁금했지만 할 수 없었다.

—

"엎드린 사람 일어나라."

'있제' 수학 쌤이 목소리를 낮췄다. 좀 화가 났다는 말이다.

"눈 감고 내 수업 안 듣는 건 허용하지만 엎드려 자는 것은 안 된다."

수업 시작하고 20분도 안 되어 벌써 세 번째다. 쌤이 연달아 경고했다. 그런데도 현중이 녀석, 꿈쩍도 안 했다.

쌤이 옆 짝지더러 깨우라고 했다. 그런데 수민이 녀석이 양어깨를 으쓱 올리며 '전 못 깨워요.'라고 현중이 녀석 깰까 봐 속삭이듯 작은 소리로 말했다.

쌤이 다가와서 대나무 회초리로 책상을 '탁' 쳤다.

"김현중, 일~나라."

"아, 씨X 좀 내비둬요."

"뭐? 아, 씨X. 당장 안 일나나!"

쌤보다 머리 하나는 더 큰 현중이 녀석이 벌떡 일어섰다. 인상을 쓰며 쌤을 내려다봤다. 키와 체격으로 봐서 몸무게는 아마 배가 넘을 것 같았다.

"너 수업 마치고 학년실로 따라와."

"아, 돌겠네."

쌤이 어이가 없어서 올려다보다가 막 화를 내려고 했다. 반장이 쌤과 현중이 사이에 끼어들었다.

"저, 쌤.

야! 현중아! 앉아 봐라."

"쌤이 일나라 안카나."

"그래, 됐다. 그럼 앉지 말고 나하고 좀 나가자. 쌤, 죄송합니다."

반장 카리스마 조아라가 일단 현중이를 끌고 교실 밖으로 나갔다. 아이돌 같은 미모에 늘씬하고 특목고 다니다 와서 성적도 압도적이고 나이까지 한 살 많은 누나다.

일단 모두 한 수 접어준다. 칼장(카리스마 반장)이 아닌 다른 애가 이렇게 끼어들었다면 재수한 현중이가 쌤 앞이라 하더라도 진작에 손부터 나갔을 거다.

있제 쌤이 한참 창밖을 보며 숨을 골랐다. 쌤이 한 문제 다 풀어가며 설명을 끝냈을 때 반장만 교실로 돌아왔다.

"집으로 가려는 것 겨우 잡아 도서관에 앉혀 두었습니다. 현중이가 백번 잘못했습니다.

쌤, 이번 한 번만 더 넘어 가주세요. 정말 죄송합니다."

쌤이 숨 한 번 돌리고 난 후,

"반장이 죄송할 거야 뭐 있냐. 그래, 남은 시간 수업이나 하자."

이래저래 한 시간 수업 분량의 반은 현중이 녀석이 잡아 먹었다. 하루 한두 번 이러지 않는 날이 없다. 수업 결손 이 이만저만이 아니다.

그나마 오전엔 뭐 하는지 오후 되어서야 학교에 온다. 그게 그나마 다행이다. 현중이가 아침부터 학교에 온다고 생각하면 끔찍하다.

저런 녀석을 왜 학교에서 퇴학시키지 않는 것일까? 공부 해야 하는 반 넘는 학생들 수업 결손은 어떻게 보상해 준 다는 말인가. 나는 속으로 궁시렁거리느라 그나마 풀이하 고 있는 문제를 놓쳤다.

–

가을걷이가 끝났다.

온전한 자작농은 하나도 없다. 전 소작농이 대부분이다. 우리 남부리 마실에 활기라고는 하나도 없었다. 비록 자작농이 있다고 한들 이 흉년에 가을걷이 낙이 있을 턱이 없었다.

극심한 가뭄과 홍수를 겪었다. 그 속에서도 가뭄과 홍수를 이긴 얼마간의 소출이 있기는 했다. 결국 거기에도 도조와 지세가 매겨졌다.

도조 1할을 내려 소출의 5할 도조에 1부의 지세를 얹어 사음 댁에 내야만 했다. 아무리 흉년이 들었다 하더라도 윤 주사 어른 면전에서 '그렇게는 못 하겠다.'라고 말할 간 큰 작인은 없었다. 윤 주사 눈에 벗어났다가는 당장 내년이면 쫄쫄 굶어 죽을 수밖에 없다.

게다가 메밀 간 곳에도 도조를 메겼다. 거기엔 지세가 없어서 소출의 5할만 소작료로 내면 된다고 했다. 소작인들은 '문디 콧구멍에서 마늘을 빼먹는다'고 했다.

사람들 원성이 하늘을 찔렀다. 하지만 하늘은 아무런 징벌도 내리지 않았다. 그냥 멀쩡했다. 배 찰방은 서울에 살고 있어서 하늘로부터 벌 받았는지 잘 알 수 없었지만 사음들 가운데 천벌 받은 사람은 아무도 없다.

윤 주사 큰아들은 동래고보 졸업하고 그렇게 돈 많이 든다는 일본에 유학 가서 이 흉년에도 잘 다니고 있다. 큰딸도 고보 졸업하면 곧바로 일본으로 유학 간다고 했다.

사음들 간평 결과에 대해서도 불만이 컸다. 그러나 직접 소작료를 걷는 윤 주사는 우리 마실 간평에 참여하지 않았다며 책임을 피했다.

메깃들은 대부분이 동척 소유다. 동척 법무원에서 나온 사람들과 동척에서 고용한 사음들이 간평을 했다. 그런데 동척의 소작료와 지세 역시, 마치 짠 것처럼 조선인 지주와 똑같이 나왔다.

윤 주사 댁에서 소작료를 걷기 닷새 전에 결국 사달이 났다. 감자밭에서 감자 캐다가 낳았다고 아명이 감자인 감자네 식구 여섯이 야반도주를 했다.

소작만 부치는 감자네는 할머니, 아버지, 엄마, 감자 형 태식이, 나하고 동갑인 감자(태철), 막내 태순(여덟 살)이까지 소학교 문턱에도 가본 사람이 없다.

감자네도 가을걷이 끝냈지만, 소작료나 지세는 고사하고 지난여름 마실 사람들에게 꿔 먹은 겉보리 한 톨도 갚지 못하고 있었다.

우리 집에서도 가을에 나락 닷 말을 받기로 하고 겉보리 닷 말을 여름에 꾸어주었다. 그런데, 그냥 도망쳤다고 엄마가 꿍얼댔다.

만줄이 행님이,

"감자네, 정말 죽일 년놈들이야."

큰 소리로 화난 목소리를 만들어 냈다.

"줄아, 아무리 그래도 어른한테 년놈이라는 말은 좀 심했다."

"응. 엄마. 그렇지? 생각해 보면, 감자네가 오죽 답답했으면 그렇게 밤새 도망갔겠어. 돌가루 포대 종이에 우리한테서 겉보리 닷 말 꿔 먹은 것도 적어뒀다 하더만. 태식이하고 감자가 야학당 나온 덕이야. 도망가기 전에 빚진 내용을 정리해서 글자로 남겼데. 야학당에서 애써 글자 가르친 보람은 있네."

"넌 속도 좋다. 우리도 이 겨울 어째 날까 싶다. 중이 핵교도 이젠 그만둬야 할까 싶다."

'중이 핵교도' 소리에 나는 깜짝 놀라 앉은 자리에서 벌떡 일어섰다.

"엄마, 뭔 소리. 굶어도 중이, 학교는 보내야 해요."

역시, 우리 줄이 행님이다.

"말이 그렇다는 거다. 암만 심(힘)들어도 중이는 핵교 보내야제. 내년 봄엔 한 해 느차졌지만 만숙이도 핵교 다시 보내야 하는데 그건 정말 될지 몰겠다."

"만숙이, 만재, 만복이 다 소학교는 보내야지요. 내가 탄광에 가서라도. 고보는 몰라도 소학교는 꼭 보낼 기라요."

감자네는 무사히 사라졌다. 간도든, 연해주든, 사할린이든 거기 가서 제대로 정착하든, 못하든 야반도주에 성공했다.

얼마나 마련했는지는 모르겠지만 올해 소작료는 하나도 내지 않았다. 마실 사람들에게 빌린 게 우리 집에서처럼 원금만 겉보리 닷 섬(겨울에 이자까지 치면 나락 닷 섬)에 외상이나 자잘한 푼돈이 또 나락 두 섬 정도다. 태식이가 쓴 것인지 감자가 쓴 것인지 돌가루 포대 종이에 적혀 있는 것 다 합치니 그렇다고 했다.

그리고 감자네처럼 야반도주한 사람들이 북부리에서도 나왔다. 중부리, 교리, 상북면에서 잇달아 나왔다.

그중에서 갚아야 할 것 다 적어 놓은 것은 감자네가 유일했다. 다른 집에서는 적어두려 했어도 글자를 아는 사람이 없었을 테다.

감자네가 야반도주한 지 사흘째 되는 날. 감자네 옆집 들깨네가 야반도주하다가 물금역에서 잡혔다.

들깨 엄마가 겉보리 한 말을 감자네한테 빌려주고 받지 못했던 것 때문에 정말 심하게 욕을 해댔던 게 눈에 선했다.

들깨 아버지는 물금역에서 잡혀서 경찰서 구치소로 갔다. 들깨 엄마는 낯이 흙빛이 되었다. 등에 젖먹이 귀자를 업고 검정 광목천으로 싼 보따리를 이고서 어둠을 틈타 자기 집으로 돌아왔다. 그 뒤에는 보퉁이를 둘러맨 열두 살 들깨(김진수)가 고개를 숙인 채 주변을 두리번거리며 제집으로 들어갔다.

들깨네가 물금역에서 잡혔다는 소식을 마실 사람들은 이미 듣고 있었다. 그래서 들깨 엄마랑 아이들이 어둠을 틈타 집에 돌아왔다는 것을 바로 알았다.

좁아서 마당이라 할 수도 없다. 들깨네 집 마당과 또 비좁은 골목을 마실 사람들이 채웠다. 들깨 엄마가 젖먹이를 안은 채 들깨하고 안방 앞 처마 아래 앉아 있었다.

누군가 호롱등불을 가져와 들깨 엄마 앞 땅바닥에 두었다. 들깨 엄마의 산발한 머리카락과 깊이 숙인 얼굴이 아래로부터 비추는 호롱 불빛에 마치 귀신처럼 보였다. 삭발한 지 얼마 되지 않는 들깨의 깡마른 얼굴도 기괴했다. 빚받을 게 있어서 왔던 이웃들 모두 아무 말도 하지 못했다. 소작료 내지 않고, 빚진 것 갚지 않고 마련한 돈과 돈 될만한 것들은 모두 경찰서에 유치되었다고 했다.

"이 나쁜 년아. 같이 배곯는 우리 돈까지 다 **뺏겼다며**? 그렇게 **뺏길** 것 갚고 갔으면 욕이나 안 처먹지. 날랐으면 그래, 날랐으면 잡히지나 말든가."

복동이 엄마가 들깨 엄마 앞에 철퍼덕 주저앉아 울었다. 그래도 들깨 엄마는 고개만 숙이고 아무 말이 없었다.

유치된 것 다 더하더라도 소작료와 지세 채울 돈이 안 될 거라고들 했다. 마실 사람들이 받을 돈은 들깨네가 경찰에게 잡혔든 아니든 똑같이 받을 수 없었다. 지주만 얼마가 되었던 받을 돈을 찾아 챙길 거다.

이틀 뒤. 들깨 엄마와 들깨, 젖먹이 귀자가 마실에서 사라졌다.

그리고 사흘 뒤 멀쩡했던 들깨 아버지가 한 다리를 몹시 절며 마실로 돌아왔다. 들깨네 식구 소식을 아는 사람은 아무도 없었다. 동네 빚쟁이들이 몰려와서 이것저것 물었다. 넋이 나가 반편이가 된 들깨 아버지에게서 빚은 말할 것도 없고 얻어들을 별다른 말도 없었다.

들깨 아버지는 넋이 나간 눈으로 반편이가 되어 안방 문턱에 걸터앉아 있었다. 누군가 멀건 죽 한 사발을 가져왔다. 콧물을 훌쩍이며 들깨 아버지가 사발을 비웠다.

저물 무렵 들깨 아버지가 물금역 쪽으로 절뚝거리며 사라졌다. 빚쟁이, 마실 사람들 누구도 붙잡지 않았다.

—

있제 쌤이 풀이하는 소리가 들렸다 안 들렸다 했다. 앉은 채 졸다가 자세를 바로 했다. 뜬금없이 담임 강스 쌤이 학기 초에 했던 말이 떠올랐다. 초등학교 육학년 때 강스 쌤의 담임 쌤이 강스 쌤에게 들려준 이야기라고 했다.

스승과 제자가 길을 가고 있었다.
한 사내가 길가 가시덤불에 몸을 반쯤 숨기고 오줌을 누고 있는 것이 보였다.

"이보시오. 사람들이 이렇게 다니는 벌건 대낮에 무슨 짓이오. 부녀자도 왕래하는 길에서."

라고 스승이 준엄한 표정으로 꾸짖어 말했다.

그 사내는 바지도 제대로 추스르지 못했다. 얼굴이 벌겋게 되어 도망쳤다.

조금 더 갔다. 한 사내가 길 한가운데에서 바지춤을 내리고 대변을 보고 있었다. 제자는 이번에 스승이 더 무섭게 호통을 칠 것을 기대했다.

그런데 스승은 제자 손을 잡고 길가로 돌아 소리 나지 않게 조심스레 지나쳤다. 조금 더 가다가 제자가 의아해서,

"아니, 스승님. 아까 길가 덤불에 반은 숨어서 소변보던 사람은 꾸짖더니 길 가운데서 대변을 보는 사람은 무서워하여 길가로 조심스레 돌아온 이유가 뭡니까? 납득할 만한 이유를 들려주시지 않으면 제자는 스승님을 더는 따르지 않겠습니다."

라고 했다.

"길가 덤불에 반쯤 숨어서 소변보던 사람은 한 번 꾸짖는 소리를 듣고 나면 다시는 그런 짓을 하지 않을 사람이다. 교육의 효과가 있는 사람이다.

하지만 길 가운데 떡 버티고 앉아서 바지를 내리고 대변을 보는 막무가내 무뢰한에게는 말이 아무런 효과가 없다.

무자비하게 단속할 만한 공권력이 없는 한 상대할 수 없다. 그러니 피할 수밖에 더 있겠느냐."

제자가 눈을 커다랗게 뜨고 스승의 말을 들었다.

나는 강스 쌤에게 물어보고 싶은 말이 입술까지 나오던 것을 삼키고 결론이 어떻게 나나 귀를 기울였다.

"그러니까 선생님들이 잔소리하고 꾸짖고 고치려고 한다면 아직 그 학생은 길 가운데 앉아 대변을 보는 무뢰한은 아니라고 본다는 말이다."

강스 쌤(강스파이그 선생님) 시간에는 자지 않는 김유나가 물었다. 내 입술까지 나오던 말이었다.

"그래서 그 제자는 스승을 떠났나요?"

"떠나고 떠나지 않고는 너희들 맘속에 있다."

"에이, 쌤. 비겁해요. 그래서 떠났나요?"

김유나가 한 번 더 물었다.

"떠나지 않았다. 떠날 제자였다면 스승이 그 무뢰한을 피해서 둘러 가려 했을 때 스승에게 물어보지 않고 스스로 나서서 꾸짖었겠지.

그런데 김 원장아. 내가 비겁하다는 말이가? 그 스승이 비겁하다는 말이가?"

"둘 다요."

맨날 자는 김유나가 담임인 강스 쌤 시간만은 자지 않고 쌤에게 이렇게 잘 대든다.

있제 쌤은 교실을 둘러보지 않고 칠판을 보다가 창밖을 보다가를 반복하며 문제만 풀이했다.

—

우리 집은 그래도 아버지랑 줄이 행님 덕에 자작논 서 마지기는 살렸다. 밥은 굶지 않아도 된다.

그러나 마실 사람들 태반은 겨울 못 넘겨 양식이 떨어질 것이다. 몇 집은 도조도 다 못 냈다. 빚 떠안고 겨우살이 시작이다.

이모작으로 논보리 씨 뿌리는 사이에도 금정산, 군자산, 오봉산 가리지 않고 마실 아낙네들은 약초나 버섯을 따러 갔다.

우리 집에서도 논보리 갈이를 시작했다. 화학 비룻값 아끼려고 봄부터 여름, 가을 내도록 틈을 내어 산자락이나 개울가 풀을 베어와 말렸다. 거기다 우리 집 암소 똥오줌, 설거지 개숫물을 섞어 퇴비를 만들었다. 쇠스랑과 거릿대(삼지창)를 사용해서 몇 번을 뒤집어 가며 퇴비를 숙성했다.

숙성한 퇴비를 아버지와 행님이 바지게로 져 논에 가져다 부었다. 거름 다 낸 다음 쇠스랑과 고무래로 논바닥에 고르게 펼쳐 깔았다. 행님이 우리 집 암소를 끌고 앞에 서고 아버지는 쟁기를 잡고 뒤에서 퇴비와 재가 고르게 깔린 논바닥을 갈아나갔다. 아버지와 행님이 자리를 가끔 맞바꾸었다.

퇴비를 내어 논갈이 다 끝낸 다음 지난 일 년간 모아 온 재를 잿간에서 내어 논바닥에 뿌리고 곰베(곰방메)로 큰 흙덩이를 대충 부수어 논바닥을 고르고 재가 날아가지 않게 했다.

퇴비를 내기 시작해서 열세 마지기 논 다 갈고 재를 내어 큰 흙덩이 부수어 논바닥 고르는 데만 보름이 걸렸다.

그 사이 엄마는 점심과 참을 만들어 냈다. 암소 누렁이 쇠죽 쑬 때 볏짚에 콩과 콩잎을 섞어 쑤었다. 보리 씨앗을 넣기 전에 다시 흙덩이를 곰배(곰방메)와 고무래로 잘게 부수고 골랐다. 그런 다음에야 촉을 낸 보리 씨앗을 고운 재에 섞어서 엄마와 행님이 뿌렸다. 아버지가 고무래로 논바닥을 곱게 고르며 씨앗을 흙으로 덮었다.

스무날도 넘게 걸렸다.

그 사이와 그 이후에도 우리 집 누렁이는 이집 저집 논갈이에 불려갔다. 누렁이 하루 빌려 간 대가로 장정 두 몫 품삯을 주거나 내년 모내기 철에 이틀 품앗이해 준다고 했다.

누렁이 점심은 빌려 간 집에서 먹이지만 우리 집에서 아침저녁 쇠죽에 콩과 콩잎을 푸짐하게 넣어 쑤었다. 누렁이도 아버지와 행님처럼 우리 집 상일꾼이다.

그 바쁜 사이에도 아버지와 행님은 날이 어두워지면 마을 집회소와 야학당에 나갔다. 낮에 그렇게 힘든 일을 하고도 밤에 또 마실 나갈 힘은 어디서 나올까?

행님이 대나무어항으로 걷어오는 잉어, 붕어, 갯장어 힘일 것 같다는 생각도 했다. 그 덕에 행님은 물론 나도 또래들보다 훨씬 컸다.

결성한 농민조합에서 이제는 조합의 성과를 보일 때가 되었다는 말들이 마을에 돌고 있었다. 아버지가 농민조합 남부리 간부로 곧 군내 남부조직부장이 될 거라고 했다.

행님은 야학당 어린 선생님이면서 농민조합 남부리 소년부장이라고 했다. 지세 포함해서 소작료가 7할이나 되어서는 더는 농사를 지을 수 없다는 말들을 어른들은 모이면 수군거렸다.

일제가 들어오기 전 옛날에는 가을걷이하면 소작인 몫이 반타작은 넘었다. 화학비료와 농법 개량으로 단위면적당 소출이 늘어나기는 했지만, 소작인 몫이 이제 3할까지 떨어졌다. 그래서 농지에서 쫓겨나 유리걸식해야 할 사람들이 늘어났다고 수군거렸다.

문제는 고양이 목에 방울 걸기다. 그동안 아무도 소작료 징수 문제에 대해 말을 꺼내는 간 큰 이가 없었다. 하지만, 이제 농민조합이 만들어졌으니 농민조합이 나서서 풀어야 한다는 말들을 했다.

쇼와(昭和) 7년(1932년). 지난해 가뭄 때문에 흉년이 들어 설날도 설날 같지 않았다. 설날부터 정월 보름까지 이어지는 풍물도 놀지 않았다. 자작논 서 마지기에 일손이 좋은 덕에 우리 집에서는 정월 대보름 아침에 오곡밥에 묵나물, 청어구이 한 마리씩 먹었다.

한낮이 되면서 마을 어른들로 만들어진 걸립패가 지신밟기를 했다. 맨 먼저 마을 사당에서 한바탕 놀았다. 사당에서 내려온 걸립패가 마을 공동 우물에서 우물굿을 한 다음 윤 주사 댁에서 걸판지게 지신을 밟았다.

올해는 예년 같지 않아서 노자를 제대로 낼 수 없다고 윤 주사가 미리 공언했었다. 하지만 허우대 크고 얼굴 잔뜩 얽은 걸립패 상쇠 선우 아버지의 걸판진 육담 섞은 지신풀이, 고사소리에 결국 평년처럼 돼지 한 마리와 쌀 한 가마니를 마을에 내었다. 우리 집에서도 쌀 한 말을 내었다. 어려운 집에서도 쌀 한 사발씩은 내었다.

마실에서, 윤 주사 댁을 제외하면 우리 집 마당이 제일 넓다. 윤 주사 댁에서 낸 돼지를 우리 집 마당에서 잡았다. 마을 잔치를 준비하는 사람들이 올해엔 잔치 자리에 얼굴도 비추지 않은 사음 윤 주사에 대해 조심스레 안 좋은 말들을 했다.

그래도 제일 먼저 챙겼다. 돼지 앞다리 하나와 갈비 한 짝, 부침개 한 채반에 막걸리 한 됫박을 윤 주사 댁에 먼저 보냈다.

마실 어른들은 멍석자리에 앉았다. 수육과 돼지비계 기름으로 부친 나물부침과 김치에 막걸리를 나누었다. 아이들도 순대국밥, 돼지국밥을 큰 바가지에 한가득 받아먹었다.

이번 마실 잔치엔 돼지 멱을 따고 궂은일을 도맡아 했었던 감자네 아버지가 없었다. 이제 누가 돼지 멱을 딸까 걱정하는 가운데 곰보 선우 아버지가 돼지 멱을 따면서 빈자리를 메웠다.

"감자네는 간도로 갔다가 연해주로 다시 옮겼다던데. 그랬을까?"

"감자 이가(외가) 곳이 대석인데, 대석 사는 이 서방 말이 감자 이삼촌이 먼저 연해주로 옮겼다더만."

"그라만 그리 갔것지."

"들깨 엄마가 귀자만 업고 구포에서 걸배이(거지) 꼴로 다니는 것 봤다는데 들깨는 못 봤대나 봐.

들깨 아배는 만났는지, 들깨는 어디 갔느냐고 물었는데 대답도 못 하더래. 어떤 이가 들깨 아배를 동래서 봤다고도 하고."

돼지비계로 돼지기름을 만들어 부침을 부치고, 수육을 썰고, 순대국밥, 돼지국밥 만들며 동네 아낙들이 들깨네

소식을 한숨 속에 나누고 있었다. 들깨네는 그 뒤로 죽었는지, 가족들 다 만나서 어디 다른 데로 갔는지, 새해 들어서 봤다는 사람이 없다고도 했다.

마실 잔치는 해가 기울면서 끝났다. 아낙들은 물론, 어른들이나 줄이 행님 또래 청년들이나 처음엔 들깨네, 감자네처럼 마실 떠난 사람 이야기로 시작했다. 다들 남 일 같지 않다고 했다. 그러다가 이내 제일 큰 관심사인 새해 소작료 책정에 대해 말하기 시작했다.

처음엔 다들 말 꺼내기 어려워했었다. 막걸리가 들어가자 자기 생각들을 두서없이 큰소리로 쏟아내었다. 그리고 닷새 뒤 양력 2월 24일에 가질 농민조합 정기 대회에 관한 이야기들도 나왔다.

술이 들어갔지만, 농조를 말할 때는 조심하는 빛이 역력했다. 마당 가운데 화톳불을 크게 피워두었다. 곳곳에 솥뚜껑을 거꾸로 걸어두고 돼지기름으로 나물전을 굽느라 계속 불을 피웠다.

그래도 해가 기울면서 추워졌다.

마당에 그늘이 드리워지기 시작했다. 우수 무렵이라고는 하지만 대개 제대로 솜옷도 갖춰 입지 못한 처지다. 추위가 몸속으로 파고들었다. 어차피 결론을 낼 수 있는 이야기가 아니었다. 소작료 책정에 대한 의견들은 애초에 정리할 수 있는 이야기가 아니었다. 그저 술김에 중구난방으로 떠들다 잔치를 파했다.

엄마들은 남은 음식들을 젖은 것과 마른 것으로 고루 나누어 바가지에 담아갔다. 마실 사람들이 다 가고 마당과 부엌 정리까지 하고 나니 어둑해졌다.

사립문 쪽에서 인기척이 났다. 나가봤더니 중절모에 테가 동그란 안경을 끼고 흰 누비 두루마기를 걸친 사람이 서 있었다. 체구가 다소 왜소했다. 아버지 연배 사람이다. 단장을 짚고 서 있었다.

그 뒤에 검정 먹물을 들인 솜 바지저고리 차림의 좀 더 젊은 청년 둘이 서 있었다. 둘 다 키가 껑충하니 컸다. 그런데 그 두 사람을 얼른 잘 알아보지 못한 것은 옷 색깔 때문이었을 것이다.

아버지하고 행님이 뛰어나와서 세 사람을 얼른 사랑방으로 모셨다. 행님은 방에 따라 들어가지 않고 부엌에 들어가 엄마에게 상을 보라고 하고선 사립문 밖에 나와서 골목을 살펴봤다.

"행님아, 누군데 그래?"

"아버지 친구분이다. 두 분은 후배고."

"그런데 골목은 왜 살펴봐?"

"세 분 왔을 때 누구 본 사람 없지?"

"응, 없을 거야. 다 집에 들어갔잖아. 아버지 친구 누구야?"

"전에 전병갑 씨라고 면장하던 사람 있었잖아."

"난 몰라."

"그래, 그 면장님 둘째 아들인데 아버지 소학교 동창이야."

"아버지는 2학년까지 다니다 중퇴했다며."

"응, 그랬지. 중퇴할 때까지 같이 다녔지. 친구분은 졸업해서 동래고보 나와서 일본 유학까지 다녀왔데."

"그런 높은 분이 왜 우리 집에 찾아와?"

"나중에 좀 더 크면 절로 알게 될 거야. 다른 동무들한테 이야기하면 안 되는 것 알지?"

"응, 말 안 할게. 그런데 농조 일 때문이야?"

"뭐? 너 쬐끄만 게 무슨 소리야?"

"쪼그매도 알 건 다 알지. 행님이랑 아버지가 맨날 밤마다 그렇게 나다니는데. 위험한 일 아니야? 내 보니 행님이랑 아버지가 저 사람들한테 이용당하는 것 같아. 그만큼이나 배운 사람들이, 집도 부자인 사람들이, 왜 아버지를 찾아와? 위험한 냄새가 나. 혹시 감옥에 들락거린 사람들 아냐?"

행님이 입을 떡 벌리고 아무 말도 못 하고 서 있다.

가끔 꾸고는 오래지 않아 잊어버리기는 했지만, 최고운

꿈(떠올릴 때마다 견딜 수 없는 어지럼증 때문에 자세한 내용은 알 수 없었지만 학습에는 큰 도움이 되었다) 덕분에 나는 신동, 천재란 말을 들었다. 아직 소학교 3학년이지만 5월에 4학년 올라가서 시험 보고 5학년으로 월반할 수도 있다고 했다. 사실 지금 당장 소학교를 넘어 고보에 가서 공부해도 잘 할 수 있을 것이다. 나는 자신 있었다.

–

현중이는 반장이 도서관에 들여놓았다니 잘 자고 있을 거다. 도서관 안에 있는 편한 의자 죽 모아놓고 책 베개하고 편하게 누워서 말이다. 아니, 아예 열람실 소파에 편하게 누워 자고 있을 것이다.

카리스마 반장이 자리에 앉고 나서 있제 쌤이 다시 진도를 나가지만 수업 내용이 눈과 귀에 들어오지 않았다.

내가 게으름을 부려서 그런 것도 아니다. 나는 최선을 다했다. 그런데도 수학 성적이 떨어졌다. 나더러 어쩌란 말인가.

최선을 다하고도 수학 성적 떨어진 게, 대로 가운데서 똥 싼 것처럼 잘못한 것이란 말인가.

공권력도 아닌 아버지한테 맞은 손바닥, 손가락이 맘속까지 아프게 했다. 머리가 어지러워 도무지 집중되지 않았다.

현중이 녀석이나 수민이 녀석처럼 공부에 방해되는 녀석들은 퇴학을 시키든 전학을 시켰으면 좋겠다. 공부하기 싫어하는 녀석들만 모아서 지금 학교 공부 말고 다른 공부 시켜야 하지 않을까? 그래야 저들도 좋고 공부하려는 학생들 학습권도 지켜줄 수 있는 것 아닌가.

하긴 이렇게 단순하게 해결할 수 있는 문제는 아닐 것이라는 생각도 들긴 했다.

하지만 공부하려는 학생들 학습권도 중요하다.

—

엄마가 새해 들어 열네 살이 된 만희 누나와 열한 살 나더러 만숙이, 만재, 만복이 데리고 집에 꼭 박혀 있으라고 했다.

엄마는 열일곱 살 줄이 행님이랑 저녁 먹고 어두워진 후 집을 나섰다. 어디로 간다고 말은 안 했지만 읍내 경찰서로 간다는 것을 나는 다 알고 있었다. 떼를 써도 데려가지 않을 게 뻔했다. 그래서 아무 말도 안 했다.

엄마와 줄이 행님이 나가고 나자 만희 누나는 겁이 나서 문고리를 걸었다. 호롱불을 켜 둔 채로 동생들 모두 이불 속으로 들어가 자라고 했다.

아홉 살 만숙이는 네 살 막내 만복이를 안고 큰 눈을 껌벅

이며 그냥 누워있었다. 일곱 살 만재가 네 살 만복을 안고 돌아누워 있는 아홉 살 만숙이 등을 밀어 자리를 넓혔다.

쬐끄만 만재가 양반다리로 앉았다.

만희 누나더러 옛날이야기 하나 해 달라고 졸랐다. 누나가 아는 이야기는 다 해 줬다고 했다. 만재가 그럼 '신데렐라' 이야기 또 해 달라고 했다. 책으로 읽은 것도 아닌데 야학당 다니는 누나가 거기서 들었던 모양이다.

누나가 이야기보따리를 또 풀었다. 셋이 똘망똘망한 눈으로 누나를 향했다. 나는 슬며시 밖으로 나왔다. 누나가 깜짝 놀라 나를 붙잡는 것을 오줌 누러 간다며 나왔다.

남부리 다방 마실에서 경찰서가 있는 중부리까지 가자면 중간에 숲이 있는 조그만 고개가 있다. 논밭을 제법 지나야 했다. 경칩 지난 지 열흘이 살짝 넘었다. 평년보다 추웠던 날씨 때문인지 개구리 소리가 잘 들리지 않았다.

농민조합 정기 대회. 꿈자리도 뒤숭숭했고 괜히 불안했다. 하지만 나는 이제 열한 살이다. 아버지나 행님 일에 나서서 이래라저래라 이야기할 수도 없었다.

결국 그날 우리 집에 왔던 아버지 소학교 동기가 군 농조 집행위원장으로 선출되었다. 아버지는 남부리 조직부장으로, 행님은 남부리가 아니라 군내 소년부장으로 둘 다 농조 간부가 되었다.

새 집행부가 지금까지 뒤에서 수군수군 말만 했지, 아무도 시도하지 못했던 것을 시도했다. 고양이 목에 방울을 걸겠다고 나섰다.

"소작료는 4할로 함,

지세는 지주부담,

운반은

18정보 이상에는 일체 비용을 지주부담으로 함,

가마니 철폐,

종자예납 철폐,

소작계비 및 강제 조 저축 철폐,

근량 철폐,

품종 지정 철폐."

당장 경찰이 투입되었다. 전 면장 아들인 집행위원장은 간부들의 저항 속에 빠져나갔다. 집행위원장을 체포조로부터 빼돌리기 위해 방어막 역할을 했던 간부들 대다수는 현장에서 체포되었다. 아버지와 행님도 현장에서 체포되었다. 행님은 아버지가 구속되었고 본인 나이가 어려서 저녁에 풀려나왔다.

아버지와 아들을 동시에 가두는 경우는 드물다고 했다.

엄마와 행님이 불가능한 일을 하러 밤에 나선 것이다. 총을 가진 경찰들을 맨손인 사람들이 어떻게 하겠다는 말인가. 실탄이라도 쏜다면 어떤 일이 벌어질까.

아버지가 체포되어 있다. 엄마랑 행님은 당연히 군중들 맨 앞에 설 것이다. 마음이 바빴다. 하지만 내가 거기에 사고가 나기 전에 도착한다고 하더라도 뾰족한 방법이 없다. 엄마랑 행님을 뒤로 빼돌릴 방법이 아무리 해도 떠오르지 않았다.

—

여기서 생각해 보자. '길벗'이 발표된 것이 1948년 10월 1일 자 잡지 《衆聲중성》이다. 여순사건이 그해 같은 달 19일에 일어났다. 진주에서 여수는 멀지 않다. 이 경찰들과 '나'하고 전은 진주를 거쳐 여수로 가는 것일까?

그렇다면 여순사건은 어느 진영에서 일찍부터 예비하고 있었다는 것이 된다. 어느 한 진영에서만 예비하고 다른 진영에서는 몰랐을까? 세계를 대상으로 전략을 짜는 나라에서도 몰랐을까?

뒤통수가 저릿했다.

"아, 아빠. 인터넷 통해 자료 검색하는 중이라구요."

증조할아버지 사건 때문에 아버지는 말이 통하지 않는 반공주의자다.

"여수·순천 반란사건! 이런 걸 과제로 내? 113에 신고해야겠구나."

"아! 아빠! 지금 미쳤어요?"

뒤통수에 불이 번쩍하면서 나는 의자 채 나뒹굴었다.

—

그날, 내가 막 경찰서 앞 시위대 뒤쪽에 도착했을 때 공포탄 쏘는 소리가 들렸다. 그 소리를 들으며 사람들 틈을 헤집고 앞으로 나갔다.

일본인 경찰서장이 총알을 바꾸며 해산하지 않으면 실탄을 쏘겠다고 일본말로 외쳤다. 옆에 선 조선인 순경이 조선말로 옮겨 외쳤다. 군중들이 조금 술렁이기는 했지만, 뒤에서 오히려 앞으로 압박을 해서 앞줄에 있는 사람들은 뒤로 물러설 수 없었다.

어른들 틈에 서니 키가 작아서 앞이 보이지 않았다.

다시 총소리가 두 번 났다. 찢어지는 듯한 비명과 함께 군중들이 흩어지기 시작했다. 엄마의 비명이 귀를 찔렀다. 엄마의 등이 보였다. 행님이 배를 안고 엎어져 있었다. 엄마가 다시 새된 비명을 내질렀다. 행님 배 쪽에서 꺼낸 엄마 손이 벌겋다. 엄마 얼굴이 새하얗다. 엄마가 행님을 와락 껴안았다.

"의사 없어요? 의사 데려와요!"

내가 일본말로 고함을 질렀다. 그리고 엄마를 껴안으며 경찰서장을 노려봤다. 자신이 쏜 총을 멍하니 내려다보고 있던 서장이 내 일본말 소리에 나를 보며 총을 든 채 다가왔다.

"네 엄마냐?"

"엄마고 형님입니다. 빨리 의사 데려와요. 우리 형님 죽어요."

내가 일본말을 하는 게 이상하다는 듯 보며 조선인 순경에게 일본말로 빨리 공의를 데려오라고 했다.

한참 뒤에 뛰어온 일본인 공의가 행님 상처를 보더니, 복부대동맥 파열이라며 가망 없다고 고개를 내저었다. 총알이 관통하지는 못했지만 속을 다 휘저어놓아 손댈 수 없는 상태라 했다.

행님 옆에 있던 나이 든 조합원은 공의가 왔을 때 이미 숨진 다음이었다. 행님도 결국 의식을 잃은 상태에서 새벽이 오기 전에 세상을 떠났다.

한 번 월반해서 열세 살 봄에 소학교를 졸업했다. 고보 진학할 형편이 아니었다. 그래서 집을 나와 부산포로 가서 일본인 요시다(吉田) 상점에 점원으로 들어갔다.

사회주의 놈들, 민족주의 놈들, 빨간 물 든 놈들만 보면 나는 이가 갈렸다. 행님만 죽지 않았다면 고보까지는 무사히 마쳤을 거다.

그랬다면 일본 유학은 내 힘만으로도 갈 수 있었을 거다. 그런데 전 읍장 둘째 아들놈 때문에 행님이 죽었다. 나는 전 면장 둘째 아들놈처럼 농민운동이나, 민족주의에 물든 놈들이 죽이고 싶도록 미웠다. 이놈들이야말로 행님 원수들이다. 이놈들이 없었다면 왜 행님이 일본인 경찰서장 총에 죽었겠는가.

일본인 경찰서장은 뭔 죈가. 농민운동하는 민족주의 놈들 때문에 어쩔 수 없이 총을 쏜 것일 뿐이다. 전 면장 둘째 아들놈 같은 농민운동, 민족주의 운동하는 놈들 다 잡아 족쳐 행님 원수 갚을 생각에 잠을 설치고는 했다.

—

증조할아버지 사건 때문에 아버지는 말이 통하지 않는 반공주의자다. 빨갱이들이 증조할아버지를 죽였기 때문에 할아버지와 아버지가 대를 이어가며 정말 말로 전할 수 없는 고생을 했다고 했다.

"인민군이 증조할아버지를 쏘았나요?"

"아니, 국군 선발대가 쏘았지?"

"네? 아빠!

그게 무슨 말이에요?"

한국전쟁. 6·25가 났을 때, 증조할아버지와 할아버지는 낙동강 중상류 S읍에서 살았다. 피란 짐을 싸는데 국군은 벌써 훨씬 남쪽으로 내려갔다. 피란 행렬에 들지도 못했다. 인민군이 마을에 들어섰다.

인민군이 읍내 사람들을 모았다. 읍민들은 투표를 통해서 인민군 정치위원이 추천한 증조할아버지를 읍 인민위원장으로 뽑았다.

인민군 치하에서 증조부는 위원장으로서 별다르게 한 일이 없었다. 인민군이 물러가며 증조부에게 위원장은 남아 있다가 국군 선발대에게 큰 변을 당할 거라고 했다. 따라가자고 했다. 하지만 증조부는 별다른 일을 한 게 없었기 때문에 가족들을 두고 따라가지 않았다.

국군 선발대가 들어왔다.

마을 사람들을 남녀 가리지 않고 노인부터 아이까지 다 모이게 했다. 인민위원장 했던 사람은 앞으로 나오라고 했다. 마을 사람들과 가족들까지 쳐다보았다. 당시 젊었던 증조할아버지가 앞으로 나섰다.

이런 놈은 본보기로 죽여야 한다며 선발대 대장이 총으로 쏘고 머리에 확인 사살까지 했다. 증조할아버지는 그 자리에서 피범벅이 되어 죽었다. 가족과 마을 사람들이 다 보는 앞이었다.

할아버지 눈앞에서 벌어진 일이었다.

증조할아버지가 일찍 죽는 바람에 집안 형편이 어려워졌다. 할아버지가 소학교 3학년 때 인민위원장 하다 죽은 놈 아들이라고 철저한 반공주의자 3학년 담임에게 매일 시달렸다.

할아버지는 결국 자퇴했다.

할아버지는 짧은 학력 때문에 형편이 필 수 없었다. 그래서 아버지도 제대로 된, 이름 있는 명문 대학을 나오지 못했다. 사는 게 정말 힘들었다고 했다.

그래서 빨갱이라면 정말 지긋지긋하게 싫은 정도가 아니라 보는 족족 찢어 죽이고 싶다고 했다.

"국군 선발대 총에 죽었는데 왜 인민군이 증조할아버지를 죽였다고 하는데요?"

내가 이해할 수 없어서 아버지에게 물었다.

"인민군이 인민위원장으로 할아버지를 추천하지 않았더라면 국군 선발대 대장이 왜 할아버지를 죽였겠냐. 국군 선발대 대장도 멀쩡한 사람을 그 가족들이 보는 눈앞에서 죽였으니 일종의 피해자다. 인민군이 뽑았기 때문에 죽었으니 인민군이야말로 철천지원수다."

"그래서 할아버지와 아버지가 그렇게 반공 운동에 앞장서는 거예요?"

"그래, 빨갱이는 철천지원수야. 보는 족족 찢어 죽여야 해. 멸공 통일해야 해."

내 속에 하나의 우주

아버지란 울타리 속에는 언제나 몸서리치게 두렵고 징그러운 짐승들이 있다. 그것들은 이빨을 드러내고, 침을 흘리며, 붉은 눈으로 어지럽게 배회했다.

　아버지는 도망간 엄마와 내가 빼다 박은 듯이 닮았다고 했다. 술 먹고 돌아온 밤이면 밤새도록 계속되던 아버지의 무자비한 폭행. 나는 소리 내어 울지도 못했다. 그렇게 새벽이 오면, 뽑힌 머리칼과 멍 자국 가득한 몸으로 웅크린 내 앞에 무릎 꿇고 빌며 아버지는 한없이 울었다. 그래서 아버지가 더 무섭고 끔찍하게 싫었다.

　아버지 눈물이 내 멍든 몸에 떨어지는 것이 진저리나게 싫었다. 연고를 발라주는 손이 사포로 내 껍질을 벗기는 것 같았다. 하지만 아무 소리도 내지 못했다. 또다시 시작될 폭행이 두려워서였다.

고1 때였으니까 작년이다. 그날은 방문을 걸어 잠갔다. 의자로 막고 그 의자 위에 앉았다. 잠근 문고리를 부여잡았다. 경찰에 신고한다며 비명처럼 고함을 질렀다. 윗집에, 옆집에 신고해 달라고 계속해서 쇳소리를 냈다.

아버지는 결국 경찰서에 잡혀갔다. 윗집과 옆집에서도 결국 나처럼 파출소에 신고했었던 모양이다. 나도 파출소로 불려갔다. 시내 경찰서까지 가서 진술서를 썼다.

경찰 앞에서 한없이 초라하게 삭은 사내를 봤다. 맹수 앞에 떨고 있는 여린 초식동물 같았다. 겁먹은 눈망울이 내 눈에 들어왔다. 내 속에서 걷잡을 수 없는 분노가 치솟았다. 저따위 비굴한 사내에게 그렇게 폭행을 당한 나 자신이 한심스러웠다.

그 후 한동안 아버지는 나와 눈을 마주치지 못했다. 포식자가 바뀌었다. 하긴 아버지는 술을 먹지 않으면 언제나 초식동물이었다. 술만 먹고 나면 돌변해서 징그럽고 무서운 짐승이 되었다.

그런데 오늘 저녁에 아버지가 술을 먹고 집에 왔다. 아버지가 거실문을 들어서는 순간 나는 아버지가 술 먹고 왔다는 것을 단번에 알아챘다. 내 방문을 걸어 잠갔다.

경찰서에 신고한다며 낮지만, 힘을 실어 경고했다. 짐승은 한동안 방문 앞에서 서성거렸다. 무어라고 웅얼거리다가 안방으로 물러갔다. 그래도 무서웠다. 의자를 방문에 붙여놓고 거기 앉았다.

폰을 열어 게임을 하며 밤을 새웠다. 짐승이 방문 앞에 와서 문손잡이를 몇 번이나 만졌다. 그때마다 이를 악다물고 낮은 소리로 경고했다.

깜박 졸았던 모양이다.

—

썰물로 물이 빠지는 황산강 모래밭엔 갯벌이 섞여 있다. 후남이와 춘옥이. 열한 살, 열네 살이라기에는 작고 깡말랐다. 자매는 또래 동네 여자아이들과 같이 채반 하나씩 들고 물속에 쪼그려 앉았다.

썰물 때라 물이 빠르게 빠졌다. 강바닥 갯벌이 일어나며 강물은 탁해졌다. 바닥이 보이지 않았다.

다들 쪼그려 앉아 바닥을 더듬어 재첩을 건져 올렸다. 후남이와 춘옥이 싸리 채반에도 재첩이 소복하니 쌓였다.

후남이가 채반을 보며 춘옥이를 불렀다. 이제 많이 잡았으니 집에 가자고 하려다가 물속 웅덩이로 미끄러졌다. 밀물과 썰물 때 물이 밀려들고 빠지며 물속에 만드는 웅덩이였다.

후남이가 허우적거렸다. 뻘이 섞인 물을 몇 번이나 먹었다. 잡았던 재첩은 다 흘려버렸다. 그래도 채반만은 꼭 쥐고 놓지 않았다.

"후남아, 왜 그래? 거기 물 깊지 않아."

"……."

"후남아!"

춘옥이가 어이없다는 표정으로 후남이 손을 잡아 일으켜 세웠다. 후남이가 간신히 일어섰다. 물이 제 허벅지 어림도 오지 않았다. '이게 뭐지?' 했다.

어지럼증이 몰려들었다. 후남이는 고개를 숙이고 이마를 짚었다. 한동안 물속에 가만히 서 있었다.

'아버지는 출근했을까? 오늘 새벽에도 내 방문 앞에서 오랫동안 무릎 꿇고 빌었을까?' 아버지의 기척이 느껴지지 않았다. 그래도 조심해야 했다. 아직 집에 있을 수도 있다. 출근하지 않고 쉬는 날일 수도 있다.

어! 뭐야?

이거!

내가 물속에 서 있다. 내 방 의자 위가 아니다. 내 손에 잡혀 있는 이건 또 뭘까? 비틀거리며 다시 물속으로 쓰러지려 했다. 그러자 새카맣게 탄 작고 깡마른 손과 팔이 나를 부축하듯 잡았다. 그리고 나를 물가로 데리고 나왔다. 모래밭으로 올라왔다.

나는 속이 메스꺼워 한참을 토했다. 처음 한동안 갯내가 나는 물을 게워냈다. 조금 지나자 헛구역질 속에 갯내만 올라왔다.

내 머릿속으로 낯선 기억들이 몰려들어 왔다.

나는 열한 살 후남이다. 나를 물 밖으로 부축해서 나온 깡마른 소녀는 춘옥이라는 열네 살 된 내 바로 위 언니다. 이 와중에도 춘옥이는 잡았던 재첩을 조금도 흘리지 않았다.

다시 또 한참 동안 헛구역질을 했다. 그러나 더는 올라오는 것이 없었다. 도무지 기운이 나지 않았다. 뜨거운 모래밭에 엎드렸다. 어지럼증이 가라앉았다.

나는 후남이가 확실하다. 다음에는 아들 낳게 해 달라는 뜻. 그게 바로 내 이름이다. 내 이런 이름 덕에 춘식이가 고추를 달고 나왔을까. 이런 내 이름이 싫다.

도무지 기운이 나지 않았다. 뜨거운 모래밭에 계속 엎드려 있었다. 춘옥이 언니도 어쩔 수 없었던지 집으로 가자며 나를 부축하려 했다. 나는 여전히 어지러웠다. 그래도 춘옥이 손을 뿌리쳤다.

방천과 철길을 건너 산서동 우리 집으로 올라왔다. 집에는 아무도 없을 것이다. 여덟 살 춘식이는 아침 먹고 학교에 갔다. 아버지는 날이 밝자마자 아침밥도 먹지 않고 품앗이 김매러 갔다. 메깃들 둑길에서 새벽일을 마치고 아침을, 이제는 새참도 먹었을 것이다.

다섯 살 춘희는 읍내에 따라갔다. 애호박이랑 상추 같은 푸성귀 팔러 가는 엄마 손잡고 갔다. 우리를 밭으로 데려가지 못한 춘자 언니는 혼자서 모랫등 채소밭에서 김을 매거나 물을 주고 있을 것이다.

열어둔 사립짝 안으로 들어섰다. 좁은 마당에 땡볕이 눈부시다. 멍석만 한 마당이 하얗게 타오르고 있다. 그 마당을 두른 야트막한 토담 위 바싹 마른 흙에 노랗고 붉고 흰 채송화 여러 송이가 피었다.

나는 여전히 어지러웠다. 댓돌에 걸터앉아 안방 문지방 아래 흙벽에 기댔다. 춘옥이는 잡아 온 재첩을 한 번 씻어서 해감하려고 물을 부어 함지박에 담가 놓았다.

오랫동안 재첩을 잡는다고 헤매다 왔다. 또 속엣것을 다 게워내었다. 배가 몹시 고팠다. 하지만 집에 먹을 게 있을 턱이 없다. 부엌 앞 처마에 매달아둔 대나무 광주리 속엔 아시 삶은 거뭇한 보리쌀이 있다.

그렇기는 해도 거기서 한 줌이라도 꺼내 먹을 수는 없다. 엄마가 싸리 빗자루로 내 다리 몽뎅이를 그냥 두지 않을 거다.

춘식이는 방학 전이다. 나도 학교에 가서 책도 읽고 공부도 하고 싶다. 하지만 엄마는 계집아이라 안 된다고 했다.

아니, 가시나라서 안 되는 건 아니다. 면장 댁 딸도, 접장 댁 손녀 채옥이도 학교에 다닌다. 그런데 엄마, 아버지는 가시나가 글자 배우면 팔자 세진다고 보내주지 않았다.

그래도 아버지가 우리에게 무섭게 하는 것은 아니다. 꿈속에 나타난 그 아버지는 왜 그렇게 무서웠을까? 참 그러고 보니 꿈속에서 나는 고등학교 여학생이었다. 고등학교는 소학교 다음에 가는 학교인 것 같았다. 학교 가는 건 좋은데 꿈속처럼 그렇게 아버지가 무섭다면 꿈속 세상도 마냥 좋은 건 아니다. 꿈을 떠올리니 또 어지럽다.

"후남아, 아직도 어지럽나?"

"아니, 이젠 괜찮아."

"그래도 또 모리니 넌 집에 남아라. 난 암만 캐도 모랫등 밭에 가 봐야것다. 춘자 언니 혼자 일하잖아."

"내도 같이 가자."

"너 따라갔다가 또 씨러지만 우짤라꼬 그라나."

"이제 괜찮다 안 카나. 엄마가 시장에서 집에 돌아왔을 때 내만 집에 누버 있어봐라. 엄마가 뭐라 카겠노. 안 그래도 춘자 언니 곧 시집갈 거라고 햇볕에 많이 나가지 마라 캤잖아. 모랫등 채소밭 물주고 김매는 것 니캉내캉 둘이서 하라고. 그란데 춘자 언니만 밭에 갔고."

모랫등 밭에 도착하기도 전에 나는 우겨서 따라온 걸 후회했다. 햇살이 정말 뜨거웠다. 따갑고 배까지 고팠다. 뱃가죽이 등에 달라붙는 것 같았다. 어지러웠다. 도무지 힘이 나지 않았다.

생생하기만 했던 무서운 아버지에 대한 꿈도 까맣게 잊었다.

모랫등 채소밭이다. 춘자 언니가 황산강 물을 담아 물동이에 이고 와서 상추밭에 물을 주고 있었다.

"춘자 언니는 이제 집에 가봐라. 엄마가 춘자 언니 시집갈 때 씨커멓게 타만 안 된다고 했다 아이가."

"괘안타. 발써 탈만큼 다 탔다."

"언니, 신랑 봤나? 키는 크제? 잘 생깄나?"

"후남아, 쪼매난 기 뭐 그리 관심이가?"

"춘옥이 니가 나더러 물어보라 안 캤나?"

"내가 언제 물어보라 캤나? 키가 클까? 잘 생깄을까? 궁금타 했지."

"그 말이 그 말 아이가."

"춘자 언니가 어케 봤겠나. 배내 산다 카던데."

"그럼 춘자 언니가 얼굴도 모리는 남자한테 시집가는 거가?"

"후남아, 얄궂기로. 처자가 신랑 얼굴을 어케 미리 보노."

"난 얼굴도 모리는 남자한테는 시집 안 갈 끼다."

—

열한 시가 넘었다. 아버지가 또 술 먹고 오는 밤이다. 엄마랑 유신이, 나는 거실 소파에 앉아서 아버지가 퇴근해 오기를 기다렸다.

아버지가 퇴근도 안 했는데 열두 시가 되기도 전에 가족들이 자서는 안 되기 때문이다. 거실 TV는 열 시를 넘기면서 껐다. 열 시 넘도록 TV 보는 것도 아버지는 허용하지 않았다.

나보다 네 살 어린 유치원생 유신이가 내게 기대어 잠들었다. 나는 눈꺼풀이 내리누르는 것을 억지로 밀어 올리며 잠을 견디고 있었다. 유신이는 현관문 열리는 소리가 날 때 깨우면 되었다. 아직 일곱 살밖에 되지 않았지만 유신이는 깨우면 언제든 바로 일어났다.

유신이를 깨웠다. 현관문을 열고 들어오는 아버지한테

서 역한 술 냄새가 났다. 나하고 유신이가 소파에서 내려와 나란히 섰다.

"아버지, 어머니 안녕히 주무세요."

인사를 하고 작은방으로 들어왔다. 유신이가 제 베개를 들고 내 침대로 건너왔다. 우리는 겁에 질려서 이불을 둘러썼다.

이윽고 안방에서 무언가 쿵 하는 소리가 들렸다. 엄마 입을 틀어막았나 보았다. 비명소리가 새어 나오지 못하도록 했을 것이다. 비명 같고 울음소리 같은 것이 조그맣게 안방에서 새어 나오는 것 같았다.

이불 속에서 바들바들 떨며 아무 소리도 내지 못했다. 우는 유신이 귀를 내 두 손으로 막았다. 둘러쓴 이불깃을 여며 울음소리가 새어나가지 못하도록 했다.

잠이 들었던 모양이다. 헝클어진 머리, 입술이 터진 엄마가 우리를 깨웠다. 아버지는 출근했는지 집에 없었다.

—

"얘야, 집이 어디고?"

인력거가 내 옆에 섰다. 인력거 의자 위에 노부인이 꼿꼿이 앉아 있다. 빳빳하게 풀 먹여 다린 새하얀 모시 저고리 차림이다. 노부인은 완전한 백발이다. 검은 머리칼이 하나도 없다. 노부인 등 뒤로 지고 있는 저녁 햇살이 후광처럼 환한 빛무리를 일으켰다.

그 옆에 검정 교복을 입은 노부인 증손자가 그사이 훌쩍 더 자란 큰 키로 나를 건너보기만 했다. 나도 노부인 앞에서 증손자 백상덕을 알은체할 수 없었다.

햇살 때문에 나는 약간 눈을 찡그렸다.

노부인과 백상덕은 황산강 저 아랫말 갯목에 산다. 서울로 유학 간 증손자 백상덕이 방학을 한 것이다. 노부인이 마중 나왔다가 만나서 집으로 가는 길일 것이다.

노부인은 얼마 전까지는 늘 걸어 다녔다. 그런데 거동이 좀 불편해진 모양이다. 하긴 팔순을 오래전에 넘겼다는 말을 들었다.

"저기 산서동입니다."

노부인의 물음에 팔을 들어 손바닥으로 우리 마을을 가리키며 평소 전혀 쓰지 않던, 배운 사람들만 쓰는 격식체 아주높임으로 대답했다.

고등학교 2학년 '김유나 꿈'을 꾸고 난 뒤부터 상황에 맞춰 불쑥 튀어나왔다. 격식체 아주높임이라는 말이 어떤 뜻인지도 제대로 알고 썼다.

떠올리려고만 해도 날 견딜 수 없게 어지럽게 하지만 '김유나 꿈' 덕분이다.

"이름은 뭐꼬?"

"후남이, 박후남입니다."

"아버님 성함을 물어봐도 되겠니?"

"박, 수자 봉자입니다."

"그래, 배운 적 없을 텐데 정말 참하구나."

노부인과 이야기를 나눈 것은 처음이다. 하지만 여러 번 봐서 노부인이 내게는 익숙했다.

노부인은 가끔 증손자인 백상덕과 함께, 또는 머슴과 같이 갯목 쪽에서 우리 마을을 거쳐 읍내로 갔다. 읍내 쪽에서 우리 마을을 거쳐 갯목으로 가는 것도 여러 번 봤다.

백상덕이 서울로 유학 간 뒤로는 이렇게 물금역까지 마중 나와서 도란도란 이야기 나누며 둑길을 내려갔다. 대개 내가 모랫등 채소밭에서 물을 주고 있거나 김을 매고 있을 때였다. 그리고 어떨 때는 이렇게 독메 삼거리에서 보기도 했다.

끝내 알은체하지 않고 별다른 인사도 없이 노부인이 탄 인력거를 따라가던 백상덕이 슬쩍 뒤를 돌아 나를 봤다. 수려한 눈썹, 마치 쏘는 듯한 형형한 눈빛이다.

가슴이 떨렸다.

다시 돌아서 가던 백상덕이 노부인이 하는 이야기를 듣다가 돌부리에라도 걸렸던가 보다. 잠시 '허청' 하는 것 같았다. 저녁 햇살 속으로 인력거와 백상덕이 갯목 쪽으로 난 제방길을 따라 멀어졌다.

참 참한 아이라며 노부인이 내 손에 쥐여준 조그만 손거울을 들여다봤다. 갖고 싶었지만 갖지 못했던 귀한 것이다. 조그만 손거울 속에는 햇볕에 탄 반짝이는 얼굴이 들어 있었다. 백상덕의 환한 얼굴과 대조되는 검게 탄 낯빛이 눈에 거슬렸다.

하지만 시골아이답지 않게 작은 얼굴에 오목조목 눈코입 귀가 어울려 묘하게 싱그럽고 예뻤다. 깊고 아득한, 푸른빛이 감도는 검은 눈이 건너보고 있다.

어려서는 못생겼다고 모과라고 했었다. 아이에서 소녀가, 여자가 되면서 환골탈태했다. 얼굴과 몸매가, 눈빛이 완전히 바뀌었다.

동생 춘식이는 학교에서 배워 천재라는 소리를 들었다. 배운 적도 없는 나는 조선 글자를 읽고 쓸 수 있었다. 소학교를 나온 사람들보다 수 계산을 잘했다. 춘식이가 집에 와서 책 보는 것 어깨너머로 보고 배운 덕이다.

그렇다고 우리 식구가 다 그런 것은 아니다. 아버지, 엄마, 춘자 언니, 내 바로 위 춘옥이, 막내 춘희는 읽고 쓸 줄 모른다. 나하고 춘식이만 안다. 춘식이는 배워서 알았지만 나는 악몽 덕분에 배우지 않았지만 안다.

그렇다. 악몽 덕분이다. 이렇게 노부인과 이야기할 때처럼 상황에 따라 다른 말을 쓸 줄도 안다. 그렇다고 악몽의 내용이 선명하게 기억나는 것은 아니었다. 그리고 특별한 경우가 아닌 한 나는 꿈꾼 일이 없는 것처럼 잊고 지냈다.

해가 바뀌고 난 후 온 동네가 술렁거렸다. '처녀공출'을 한다고 했다. 쌀은 물론 놋그릇까지 공출해 가더니 총각이나 젊은 사내들을 '보국대'란 이름으로 잡아갔다. 마침내, '정신대'란 이름으로 처녀까지 공출한다고 했다.

조선사람들은 겁을 냈다. 보국대 사내들은 멀리 인도지나반도 전쟁터로 끌려가 일본군 짐꾼이 되었다. 보국대는 총이나 군번도 없어서 죽더라도 전사자 명단에 오르지 못했다. 보국대는 짐꾼으로 더위와 물것들, 죽음의 공포 속에서 지옥을 겪는다고 했다.

그나저나 전쟁터 짐꾼이 될 수도 없는 나어린 처녀들이 군에서 뭘 할까? 군수공장에서 일하고 일당도 받는다고 했다.

그러나 사람들은 믿지 않았다. 군수공장이 아니라 일본군 위안부, 작부가 될 거라고 했다.

딸 가진 집들에서는 난리가 났다. 우리 집에서도 난리가 났다. 춘옥이 언니. 처녀로서 나이가 꽉 찬 스무 살이다.

아버지가 어디로 해서 알아봤는지 구포서 나룻배 하는 집으로 춘옥이 언니를 치웠다. 말 그대로 치웠다. 혼담이 나오고 한 달도 되지 않아서였다.

그 전부터 내게 혼처 자리는 참 많이도 들어왔었다. 그

때마다 쏘는 듯한 눈빛이 떠올랐다. 정말 어쩌다 지나치면서 한 번 본다. 그나마 눈인사나 할 뿐이다. 다해서 두어 번 말 몇 마디 나누었을 뿐이다.

오르지 못할 나무다. 그래서 가슴이 더 아렸다. 그래도 춘옥이가 위에 있었다. 별일은 없었는데 그 그늘이 없어졌다.

—

내가 무엇에 홀렸던 모양이다. 유신이가 잠든 것을 보고 내 침대에 눕혀 두고서 거실로 나왔다.

안방에서 엄마의 숨죽인 비명 섞인 소리가 울음에 묻어 새어 나왔다. 침대에 걸터앉은 아버지에게 머리채를 잡힌 엄마가 자신의 입을 손으로 틀어막은 채 흐느끼고 있었다.

안방 문을 연 채로 나는 화석처럼 굳어버렸다.

엄마가 한참을 달래서 유신이를 유치원에 보냈다. 나는 얼음주머니로 부어오른 뺨을 식히다가 얼음주머니를 책상으로 던져버렸다.

눈자위에 자줏빛 멍이 든 엄마가 부스스한 머리칼을 쓸며 내 방으로 들어왔다. 엄마가 방바닥에 떨어진 얼음주머니를 주워서 내 뺨에 대려 했다.

머리를 흔들어 피했다.

"유나야. 이런 꼴로는 아무래도 학교 못 가겠지?"

—

백 접장 마님 친정 댁 손자라 했다. 어떻게 혼례를 치른 것인지 모르겠다. 춘옥이 언니 시집가고 한 달도 안 되어 시집왔다.

태어나서 처음으로 목탄 버스를 탔다. 읍내를 지났다. 사밧재를 넘어 창기마을까지 와서 내렸다.

먼저 내린 신랑이 사모관대를 하고 조랑말에 올랐다. 내가 가마에 오르자 가마꾼 네 명이 가마를 맸다. 법기마을로 가는 산길로 접어들었다. 흔들리는 가마에 도무지 적응할 수 없었다.

"동네까지 아직 멀었나요?"

"한참만 더 가면 돼요."

"그 한참이 얼마나 되죠?"

"한 시간 조금 안 될까?"

"동네 바로 앞까지 걸어가면 안 될까요? 거기서 가마 탈게요. 정말 토할 것 같아요."

새신부가 되바라졌다고 하겠지만 참을 수 없었다. 바람

이 시원했다. 가을걷이가 끝난 논들이 길가에 보이다가 사라지기를 반복했다.

본격적인 산길로 접어들었다. 마른 풀 사이로 작은키나무들이 듬성듬성 보이는 붉은 산이 이어졌다. 여기도 큰키나무는 땔나무로 다 해갔다. 작은키나무 크기의 다복솔이 무더기무더기 있을 뿐 솔숲은 고사하고 키가 제대로 자란 소나무는 하나도 보이지 않았다. 길 주변뿐만 아니라 사방 어디를 둘러봐도 큰 키 소나무는 없었다.

큰 소나무가 무리 지어 있었다면 송진 채취 때문에 인력이 남아나지 않았을 것이다.

길가엔 연한 보랏빛이 남아 있는 반쯤 마른 쑥부쟁이꽃도 시들마른 흰 구절초꽃도 바싹 마른 풀더미 사이에 서 있다. 아직 다 마르지 않은 노란 산국도 반쯤 마른 이파리 사이로 몇 송이 보였다.

신랑도 말 타는 것이 익숙하지 않은지 말에서 내렸다. 견마잡이와 같이 앞서서 걸어 올라갔다.

이 산길 안쪽에 정말 동네가 있을 것 같지 않았다. 그렇더라도 백 접장 댁 마님 친가 쪽이라는데 자신이 팔려 가는 것은 아닐 것이라고 나 자신을 자꾸 다독였다.

산길이 깊었다.

좁고 가파른 산길을 몇 굽이 더 올라섰다. 제법 너른 들이 산속에 펼쳐져 있었다. 산이 깊어 임진왜란 7년을 모르고 넘겼다는 전설이 있는 동네라고 했다.

스무 집 남짓. 저기가 이제 내가 살 동네다.

열여섯 살. 나보다 한 살 어린 신랑이다. 아침에 일어나서 자는 모습을 살펴봤다. 턱에는 아직 솜털이 남아 있었다. 사각으로 각진 턱에 눈썹이 짙다. 뼈대가 굵어 더 자라면 장골이 될 것이다. 희고 귀티 나는 백상덕 얼굴이 겹쳐졌다.

신랑에게 미안했다. 또 먹먹한 마음에 고개를 돌렸다.

—

"유나야. 이런 꼴로는 아무래도 학교 못 가겠지?"

아침도 먹지 않고 몇 시간을 멍하니 누워있었다.

"유나야. 큰절에 다녀오자."

대꾸하지 않고 돌아누웠다. 그냥 눈물이 흘러내렸다. 슬픈 게 아니다. 내가 맞아서 아프기도 했지만 매 맞는 엄마가 너무 내 가슴을 아프게 했다. 뺨에 닿은 베개가 축축했다. 엄마가 내 눈물을 닦으며 나를 일으켜 안았다.

큰절 대웅전에서 세 번 절했다. 절하기 전에 벗었던 후드를 다시 푹 눌러썼다. 또 엄마랑 큰절 안 비로전에 갔다. 세 번 절하고 후드를 다시 눌러썼다. 비로전 부처님도 올려다보지 않았다. 한참 앉아 있다가 엄마는 다시 세 번 더 절하고 같이 일어났다.

천왕문에서 고개를 드니 천왕이 나와 엄마를 내려다보며 커다란 눈알을 부라렸다. 하나도 무섭지 않았다. 화가 났다.

왜 나를 쏘아보니. 아버지를 노려봐야지. 나도 사천왕 눈을 쏘아봤다. 엄마가 내 손을 끌고 나오지 않았다면 나는 사천왕과 계속 눈싸움을 했을 것이다.

눈싸움으로 내가 진 적은 없었다.

바람 서늘하고 소나무 그늘 깊은 길을 엄마랑 손잡고 내려오다가 길에서 벗어났다. 내 손을 끌고 청류동 물가로 내려갔다.

거기서 엄마는 나를 꼭 끌어안고 소리 죽여 울었다. 오래도록 목메어 우는 엄마 품에 안겨 있었다. 어린 내 속에서도 끊어지지 않는 실타래처럼 울음이 눈물로 솟아 뺨을 타고 흘러내렸다.

이윽고 다리가 저릴 즈음에 슬픔과 두려움이 풀리며 잠이 왔다.

—

마을로 들어섰다. 시댁은 마을 오른쪽 끝 낮은 언덕 아래 넓은 마당, 초가지붕으로 엎드렸다.

친정과 달리 시댁은 대가족이다. 큰집 본채 사랑방엔 할아버님, 안방은 진갑인 큰아버님 내외분, 곡간과 외양간이 있는 아래채에 장손인 아주버님 내외분과 국민학교 다니는 조카딸이 산다. 열네 살 종손은 유학 가서 동래 고등보통학교를 다니고 있다.

별채 안방에 아버님 내외분, 토방을 지나 건넌방에 우리 내외가 산다.

아버님은 큰아버님과 스무 살 차이 막내다. 조카인 장손보다 한 살 적다.

본채와 별채는 본래 따로 나누어져 있던 이웃집이었다. 아버님 내외분은 3년 전에야 이 집을 사서 분가했다.

이사하기 전 집 사이 담부터 낮췄다. 허리춤 높이 토담으로 두 집 마당을 반쯤 경계 지었다. 그리고 담 일부를 허물어 문 없이 마당이 이어지게 했다. 그래도 길 쪽으로는 각각 대문을 두었다. 집 뒤는 텃밭인데 그 끝에는 무릎높이 돌축을 쌓아 언덕배기 무성한 대밭과 경계를 지었다.

"큰집 조카딸도 국민학교 다니고 장조카는 유학까지 갔는데 당신은 왜 국민학교도 못 나왔어요?"

"가기는 갔지. 2학년 마치고 중퇴해서 그렇지."

"왜 중퇴했어요?"

"그때는 장조카까지 둘이나 학교 보낼 형편이 안 돼서 그랬지."

"장조카는 큰집이고 당신은 우리 집이잖아요."

"그땐 살림나기 전이었잖아. 아버지가 나더러 장손에게 양보하라고 해서 그랬어. 그때는 아무것도 몰랐어. 짜다라 공부하고 싶지도 않았고."

"양보할 걸 양보해야지."

"봄이 돼서 장조카는 시오릿길 학교 가고, 나는 꼴 베러 갈 때, 참 학교 가고 싶다는 생각 많이 했었어. 그렇지만 어쩔 수 없었지 뭐. 다행이랄까. 동갑 중에서 학교 가는 동무는 없었어. 같이 소 풀 뜯기고, 꼴 베고 했지 뭐."

"살림났으면 좀 떨어진 집을 구하지. 왜 하필이면 바로 옆집으로 이사했어요. 그랬더라도 담은 왜 낮추고, 마당을 서로 틔웠나요? 아버님이나 당신이 큰집 머슴도 아니고. 맨날 큰집 일만 하잖아요."

"각시야. 그런 소리 마. 큰집이 잘 돼야 다 잘 되는 거야."

"당연히 큰집이 잘 돼야죠. 하지만 큰집도 큰집이지만 우리 집이 잘 돼야 하잖아요. 아버님도 이렇게 며느리까지 봤으면 제대로 독립해야지요.

어머님도 이젠 우리 집 살림 살아야 하잖아요. 할아버님이 다 갖고 아직도 타다 쓰고. 아직은 아니라지만 우리도 언제까지 이렇게 얹혀사는 게 아니라 살림나야죠. 내 살림을 살아야 재미가 있지. 이건 맨날 머슴살이잖아요."

"……."

"큰집은 논이 열 마지기. 밭이 네 마지기. 소작논이 열 마지기. 소 한 마리.

우린 논 세 마지기. 밭 한 마지기. 소작논이 네 마지기. 맞죠?"

"응"

"큰집 큰아버님은 진갑이니 일손으로는 반 몫, 아주버님 은 한 몫, 우리 집은 아버님과 당신이 각 한몫. 소는 큰집 소지만 당신이 다 거둬 먹이고 있으니 빼고,

큰집은 논밭 스무네 마지기, 우리는 아홉 마지기. 정말 너무 안 맞잖아요. 일손은 우리가 많고, 일거리는 큰집이 두 배 반도 넘고."

"우리 각시 정말 똑똑하네. 하지만 그런 셈법으로 하는 게 아니야."

"그럼 어떤 셈법으로 해야 하죠?"

"이렇게."

더 말을 이어갈 수가 없었다. 나보다 한 살 적다고 해도 장정 한 몫을 단단히 하는 어린 사내의 뜨거워진 힘이 나 를 달뜨게 했다.

—

슬픔과 두려움이 풀리며 잠이 왔다. 막 잠들려고 하는데 엄마가 일어났다.

다음 날 학교 마치고 집에 왔다. 엄마가 없다. 아직 멍 자국이 남아 있어서 집 밖에 나갈 턱이 없는 엄마가 집에 없다. 그러고 보니 유치원 마치고 진작에 집에 와 있어야 할 유신이도 보이지 않았다.

느낌이 '쌔'했다. 안방 문을 열어봤다. 이상이 없었다. 엄마에게 전화를 걸었다. 전원이 꺼져 있다고 했다. 유신이 폰으로 전화를 걸었다. 전원이 꺼져 있다고 했다.

내방 옷장을 열어봤다. 유신이 옷만 없어졌다. 안방으로 뛰어갔다. 옷장을 여니 엄마 옷가지가 없어졌다.

다리에 힘이 풀렸다. 안방 침대에 걸터앉았다.

–

점심 설거지 끝내고 행주치마에 손을 닦았다. 큰집 부엌에서 나오려는데 신랑이 바지게 수북이 솔가리를 지고 들어와 부엌 바닥에 세워놓았다.

"또 당신 혼자서 설거지 다 했나?"

"뭐, 당연히 내가 해야지. 솔갈비는 저기 장작 옆에 내려놔요."

신랑이 목소리를 조금 낮추었다.

"응, 알았어. 그래, 좀만 참아라. 우리 오래잖아 살림날 수도 있을 거야."

"뭔 수로?"

"그런 게 있다."

그런 게 뭐냐고 물으려는데 사립짝에서,

"대복이 아재!"

하는 소리가 마당을 건너 부엌으로 들어왔다.

"어! 상덕이 아이가? 워짠 일이고?"

"왕할매가 이거 같다 드리라고 해서."

사랑방과 안방 문이 열렸다.

"뭐, 상덕이가 왔다고?"

하는 소리와 함께 밖으로 우루루 나왔다. 별안간 마당에 환한 빛무리가 쏟아졌다. 키가 훌쩍 크고 어깨도 넓어진 환한 얼굴. 쏘는 듯한 눈빛이 잠시 내 얼굴에 머물다 갔다.

괜히 얼굴이 붉어지고 숨이 가빠졌다.

"이번엔 말린 갯장어네. 이런 귀한 걸 한 축이나. 말린 대추도 있고."

시어머니랑 나이가 비슷한 큰집 형님이 갯목 사돈집에서 보내온 것들을 마루에서 풀어보며 감탄했다.

신랑이 밤이 깊어서야 신방으로 왔다. 무언가 들뜬 얼굴이었다. 신랑은 여태까지 기차도 한 번 타 보지 않은 산골 소년이다. 서울 유학생 사돈총각에게 무슨 이야기를 들었던 모양이다. 저 산 너머 먼 곳에 대한 동경 같은 것으로 발바닥이 땅에 닿아 있지 않은 것 같았다.

그 때문이었을까. 아니면, 내 맘속에 숨어 있는 그를 느꼈기 때문이었을까. 신랑은 밤새 몇 번이나 뜨겁게 달아올랐다.

새벽닭이 울고 군불 넣으러 일어나는 나를 또 슬며시 당겼다. 더 늦을 수 없어 뿌리치고 나왔다.

달빛이 뺨에 닿았다. 겨울 새벽 시린 기운이 산뜻했다. 큰집 사랑방부터 방방이 군불을 넣었다. 아침에 쓸 물을 데우려고 큰집 부엌으로 향했다. 신랑이 물지게로 지어온 물을 큰 가마솥에 쏟아붓는 소리가 들렸다.

사랑방 문이 열리고 환한 얼굴이 나왔다. 백상덕과 눈이 마주친 나는 깜짝 돌아서며 부엌으로 들어서다가 그만 빈 물지게를 진 채 나오는 신랑과 이마받이를 했다.

"대복이 아재, 일찍 일어났네."

"응, 소여물 끓이려고."

"소여물을 안방 부엌에서 끓여?"

"아니, 아래채 외양간 부엌에서 끓이지."

"색시 더운물 쓰게 하려고 그랬구나. 좋네. 좋아. 부러워."

둘이 아래채 외양간 부엌으로 들어갔다.

신랑이 양력으로 열일곱, 사돈총각은 열아홉. 키는 신랑이 작았지만, 어깨는 더 넓다. 둥둥 뜬 마음으로 가마솥 아궁이에 불을 넣었다. 아궁이에 불 지펴놓고 그 앞에 앉아서 부지깽이로 불길을 냈다.

시집와서 이렇게 새벽에 불길 들여다보는 게 좋았다.

처음엔 솔잎에 불이 붙어 조그만 화약심지가 타들어 가는 듯한 모습으로 시작해서 불이 모였다. 숨길을 잘 열어주면 그것들이 커지며 참나무 장작으로 불길을 옮겼다. 참나무 장작이 타닥타닥 소리를 내며 불똥을 날렸다. 불길이 크게 일었다. 불길이 아궁이 속에서 휘말려 돌다가 부넘기를 넘어 밀려들어 갔다.

한참을 보고 있노라면 그 붉은 회오리 속으로 내가 빨려 들어가는 것 같았다. 곧 볼이 빨갛게 달았다. 이어서 아랫도리, 배, 가슴도 뜨겁게 달궈졌다. 그래도 등허리는 선득선득했다. 몸 앞뒤로 뜨거움과 선득함이 차오르다가 뜨거움에 선득함이 밀려 나갔다. 내 속에 스며들어 녹아 있던 어둠이 죄다 사그라지고 밝은 빛으로 전신이 환하게 타올랐다.

매일 새벽 나는 그렇게 새롭게 태어났다.

오늘은 어머님이랑 나이가 비슷한 큰집 형님이 평소보다 한참이나 일찍 나왔다. 반 넘어 넣던 보리쌀은 다 뺐다. 공출 때문에 정말 귀하디귀한 쌀만 씻어서 솥에 안치는 것도 형님이 했다. 제사 때나 내던 묵나물도 꺼내어 무쳤다. 담가둔 김치도 종류별로 다 내어 상차림을 했다.

훨씬 일찍 장만해서 평소 밥 먹던 시간이었다. 남자들과 시어머니 두 분은 안방에서 먹었다. 형님과 나, 조카딸 순자는 평소처럼 부뚜막에 밥과 찬을 놓고 쪼그리고 앉아 밥술을 들었다.

사돈총각이 갯목 집으로 갈 때 모두 대문간까지 나갔다. 나만 부엌 안쪽에 숨어 서서 보았다.

인사가 다 끝났다.

떠나기 전에 부엌 쪽을 한 번 더 보더니 성큼성큼 걸어갔다. 신랑이 늙은 호박, 잣, 밤 같은 것을 싼 보따리를 들고 동구 밖까지 사돈총각 백상덕을 배웅하러 갔다.

무언가 '쌔'한 느낌에 벌떡 일어났다. 옆에 신랑이 없다. 쇠죽을 일찍 쑤나 싶어서 외양간 부엌을 들여다봐도 없다. 그러고 보니 지난 장에 할아버님이 늙은 황소를 팔고 새로 살 적당한 젊은 황소를 찾지 못해서 외양간은 비어 있었다. 아직 첫닭이 울지도 않은 시간이다. 뒷간에도 없다. 하릴없이 마당귀 우물가 감나무 그늘도 들여다봤다.

방으로 들어와 등잔불을 밝혔다. 옷가지 몇몇이 없어졌다. 반짇고리에, 찢긴 마분지 종이가 보였다.

"새아가. 대복이 일어났냐?"

방문을 열었다. 할아버님이 중우적삼 차림으로 마당을 건너와 문 앞에 서 있었다.

"자다 일나 보니 없어졌습니다. 이것 써 놓고."

"뭐라 써 있노."

"우리 한두 해만 고생하자. 돈 벌어 와서 우리도 땅 사자. 어른들 잘 모시라. 이런 내용입니다."

"모두 일어나라. 대복이, 창기마실 쪽으로 갔을 거다. 빨리 따라가면 잡아 올 수 있다."

아버님과 큰집 아주버님이 옷을 챙겨 입고 마을을 벗어나 창기리 쪽으로 바쁘게 쫓아갔다. 다른 식구들은 모두 마당에 나와 우두망찰할 뿐이었다.

"새아가. 대복이 요새 무슨 조짐이 있었냐?"

"무슨, 헛바람이 들었던 것만 갑습디다. 탄광에 가서 일하면 힘들기는 하더라도 한두 해만 고생하면 논 예닐곱 마지기 쉽게 살 수 있다고 하데요. 헛소리 말고 하는 일이나 잘하라고 했더니 그냥 웃기만 했습니다. 정말 이럴 줄 몰랐습니다. 참, 혹시 지난 장에 소 판 돈 잘 있는지 찾아보세요."

할아버님 장지갑에 넣어 문갑 바닥에 감춰둔 소 판 돈 반이 없어졌다고 했다.

"새아가, 걱정하지 마라. 둘이 날래게 쫓아갔으이 병기

마실에서 꼭 찾아서 올 끼다."

해가 중천에 뜬 다음에 아버님과 아주버님이 힘없이 집
으로 들어섰다. 법기마을에서 둘, 창기마을에서 넷, 또 다
른 인근 마을에서 넷이 사라졌다고 했다. 깊은 밤에 도라
꾸(트럭)가 와서 모두 태워 갔다고 했다.

북해도 탄광으로 갔다거니, 아오지 탄광으로 갔다거니
말들이 많다고 했다. 북해도로 갔다면 부산항으로 갔을 테
고 아오지 탄광으로 갔으면 기차로 갔을 거라고 했다.

—

"이년 돌아오기만 해 봐라. 아주 다리몽뎅이를 분질러
놓을 기다."

아버지는 집에만 오면 화를 냈다.

엄마가 남동생만 데리고 도망간 지 한 달이 훌쩍 넘었
다. 엄마나 동생이나 폰이 꺼져 있었다.

청류동 물가에서 그렇게 섧게 운 게 날 버리고 가는 것
이 미안해서 그랬던 것 같았다. 화가 나기 시작했다. 남동
생만 챙기고 날 버릴 생각으로 그렇게 울었던 것도 모르고
같이 안고 울었던 게 억울했다.

엄마가 도망간 후로 아버지가 술에 취해서 집에 오면 엄

마 옷을 꺼내서 잘게 찢거나 가위로 잘랐다. 정말 꼼꼼하게 조각조각 잘라내었다. 더는 잘게 자를 수 없게 되면 그것을 비닐봉지에 넣고 보자기로 싸서 꼭꼭 밟아 부피를 줄였다. 그것들을 안방 장롱에 차곡차곡 쌓았다. 그 모습이 소름 돋도록 무서웠다.

그런데 그날은 옷을 찾지 않고 나를 불렀다. 더 자를 옷이 없었던 모양이었다. 역한 술 냄새를 풍기며 아버지는 안방 침대에 걸터앉아 있었다.

그날의 엄마처럼 나를 방바닥에 꿇어앉으라고 했다. 고개를 들어보라고 하는데 고개를 들지 않았다. 그러자 우악스레 턱을 잡고 고개를 들어 올렸다.

아버지가 아니었다. 흉측한 짐승의 눈이 거기 있었다. 낮게 으르렁거리는 소리가 방 안 가득 찼다.

"도망간 년하고 똑같구나. 빼다 박았다. 그래, 네가 바로 도망간 그년이다."

새벽이 되자 아버지가 나를 침대 위에 앉히고 내 앞에 꿇어앉아 잘못했다고 빌었다. 정신이 없어진 나는 무슨 소린지 잘 알아듣지 못했다.

완전히 날이 밝아서 짐승이 사라지고 나서도 한동안 멍하니 있었다. 화장실에 갔다. 뽑히고 헝클어진 머리칼을 치우니 얼굴과 전신에 울긋불긋 멍 자국이 말이 아니었다.

—

신혼 백 일도 안 되어 신랑이 사라졌다. 사돈총각이 왔다 가고 열흘도 안 되어 일어난 일이다. 사돈총각의 바깥 세상 이야기가 신랑에게 큰 자극이 되었을 거다. 내가 살림나는 문제를 그보다 조금 전에 이야기했으니 이것도 나 어린 신랑에게 부담이었을 거다.

봄갈이할 때인데 소가 없어 아버님이 걱정했다. 다행히 할아버님에게 비상금이 있었던 모양이다. 황소는 사지 못했지만, 암소 한 마리를 사 왔다.

'든 자리는 몰라도 난 자리는 안다고.' 장정 한 몫을 단단히 하던 신랑이 없어졌으니 아버님과 아주버님이 아주 죽을 일이었다.

쇠죽 쑤는 것은 아주버님이 맡았다.

그나마 다행인 것은 아주버님이 쇠죽 쑤기 전에 가마솥에 물을 길어 채워주었다. 저 양반이 평생 안 하던 짓을 한다면서 형님이 조금 입을 삐죽였다. 어리고 예쁜 제수씨가 정말 귀한 모양이라며 형님이 내 옆구리를 슬쩍 찔렀다.

신랑이 겨우내 맡아서 했던 나무를 아버님과 아주버님이 해 날랐다. 아버님이 장작과 솔가리를 부엌에 차곡차곡 쌓아주었다.

형님 눈이 튀어나오려 했다. 두 양반이 평생 안 하던 일을 한다며 입을 다물지 못했다.

"이럴 때면 신랑이 더 보고 싶지?"

어머님과 동갑인 형님이 주책이 없다. 악의는 없으면서도 말을 생각 없이 불쑥불쑥 뱉듯이 했다.

야반도주한 지 달포 만에 신랑 편지를 지닌 사람이 찾아왔다. 아오지 탄광에서 육십 리쯤 떨어진 동네라고 했다.

못자리는 끝났다. 논밭 봄갈이로 쟁기질도 끝낸 다음이었다.

아버님이 돈을 마련해서 떠난 지 나흘 만에 몰골이 초라해진 신랑을 데리고 집으로 왔다. 내가 알던 신랑이 아니었다. 맑고 순하던 눈빛이 많이 탁해졌다.

같이 사라졌던 우리 마을 판수네 집에서 식구 수대로 뛰어왔다. 중구난방으로 소식을 물었다. 판수는 아마 북해도 쪽으로 간 것 같다며 구포에서 갈라졌다고 했다. 혼이 나간 듯 여러 가지를 물었지만 제대로 대답을 못 했다. 그리고 내리 사흘을 심하게 앓아누웠다.

할아버님이 황구 한 마리를 장만해서 신랑에게만 약으로 먹였다. 그 약을 다 먹고서 신랑이 신색을 찾았다. 그 사이 창기마을과 그 인근 마을에서 사람들이 많이 와서 물었다. 하지만 그들에 대해서 신랑이 아는 것이 없었다. 신랑꼴을 보고 모두 한숨만 쉬다가 갔다.

"막장이고, 정말 삶의 끝장이었어. 한 번 들어가면 12시간, 16시간. 거기서 먹고 싸고 다 해. 큰 거는 밖에서 해결하고 가지만 급하면 그것도 거기서 해결해.

대개는 제대로 서지도 못하는 구멍에서 시커먼 돌, 시커먼 가루를 곡괭이로 부수고 삽으로 파내어 끌차에 실어.

폭약을 터뜨릴 때도 큰 폭약이 아니면 굴에서 한 구비 밖까지만 물러났다가 먼지가 좀 가라앉으면 다시 들어가. 밖은 꽝꽝 얼었는데 그 속은 여름이야. 나와서 씻고 먹고 자다가 보면 깨워. 다시 막장으로 들어가고.

도망가지 못하게 총 든 사람들이 지키고. 철조망이 둘려 있고. 노예래. 품삯 챙겨 받고 나가는 사람 본 적이 없대.

정말 천운으로 탈출했어. 처음엔 일부러 북쪽으로 갔어. 남쪽을 지킬 거니까. 방향도 잊고 산을 몇 개씩 넘었어. 물도 건너서 마을 끝 농가 도움으로 올 수 있었어.

그 전에 탈출했다가 잡혀 와서 무섭게 맞는 것도 봤어. 탈출한 사람 신고하면 포상금도 준다던데 정말 운이 좋았지."

두서없이 이야기하고 몸서리를 쳤다. 그리고 다시는 생각하기도 싫다며 말문을 닫았다.

신랑이 소리 없이 울었다. 나도 눈물이 났다. 내 젖가슴이 온통 축축하게 젖었다. 내 가슴에 머리를 묻고 깊은 잠에 빠졌던 그가 다시 젊은 사내로 뜨겁게 살아났다.

다음 날 신랑은 쇠죽을 쑤고 소를 몰고 논으로 갔다. 모내기 전 논보리를 거두고 또 논을 갈아야 할 때였다.

–

중3 때.

그날도 짐승이 술 먹고 온 다음 날이다. 엄마가 남동생만 데리고 도망친 다음에 딱 한 번 왔었던 고모 집을 찾아갔다. 6년 만인가 그랬다.

세 들어 사는 나지막한 슬레이트 아래채. 부엌으로 들어가면 방이 하나. 똑같은 구조가 예닐곱. 연달아 마당을 둘러 있다. 아기도 없이 이혼한 고모는 식당 주방 보조로 나가는데 쉬는 날이라고 했다.

"평일인데 학교 안 갔나?"

머리칼을 걷어 올리고 마스크를 벗자,

"그 짐승이 마누라도 아니고 딸한테까지 이랬나?"

말은 그리해도 별로 놀라는 것 같지는 않았다.

"그 짐승도 짐승이지만 딸은 두고 아들만 챙겨 도망친 엄마란 년은 뭔데요? 지금껏 연락이 안 돼요."

"내가 그 이야기 안 했나? 너 친엄마는 너 돌 무렵에 도망갔다. 니가 내 손에 한 1년 있다가 새엄마한테 갔는데 몰랐었구나!"

"……."

"정말 몰랐었구나! 눈치도 없었냐?"

"정말 꿈에도 생각 못 했어요. 유신이보다 언제나 정말 진심으로 날 더 위해줬는데?"

"그래, 너 새엄마가 착하긴 착했지."

"고모, 놀랍네요. 만나면 머리끄뎅이라도 잡으려고 했는데, 만나면 밥이라도 한 번 사 드려야겠네요."

—

보리타작이 다 끝난 저녁이었다. 타작이 조금 일찍 끝났다. 모두 씻고 저녁 먹고 나서야 어둑어둑해졌다. 설거지까지 끝내고 나오니 제법 어두웠다. 어른들은 대청마루에 둘러앉았다.

열네 마지기 소작논에서 거둔 겉보리 스물넉 섬에 관해 이야기하고 있었다. 올해는 소출이 평작을 넘었다. 다른 곳에 비해 소작료도 싼 편이라 했다. 그런데 스물넉 섬 중 소작료 열두 섬. 세금과 비료값 더해서 넉 섬. 그러면 뼛골 빠지게 일한 우리 몫으로 여덟 섬이 남는다. 소출의 삼분의 일에 불과하다. 자작논이 없었다면 어떻게 살까? 이 마을은 소작만 부치는 사람이 거의 다다.

그 사람들 어떻게 살까?

낼부터는 그동안 신랑이 갈아 둔 논에 물을 대야 한다.

아버님이랑 아주버님이 신랑에게 논두렁 만들 때 쓸 가래를 챙기라고 했다.

신랑이 사립문 옆 헛간으로 갔다. 가래랑 써레, 번지 챙겨 두고 신랑이 마당으로 나오는 게 보였다.

"대복이 아재."

사립 밖 어둠을 걷어내며 사돈총각이 들어왔다. 마당에 보름 달빛이 환하게 쏟아졌다.

대청마루에 있던 사람들이 다 일어났다. 사랑방에서 할아버님도 나왔다. 모두 반갑게 맞으며 인사들을 나눴다.

저녁을 먹고 왔다고 했다. 나는 형님이랑 급히 부엌으로 들어갔다. 남자들은 다 할아버님이 쓰는 사랑방으로 들어갔다.

신랑을 불러내었다. 사랑으로 급히 차린 저녁상을 들였다.

사돈총각이 이 시기에 온 적이 한 번도 없었다고 했다. 방학도 아니고 서울에서 학교 다닐 시기였다.

형님이 뭔 일인가 몹시 궁금해했다. 나는 괜스레 가슴이 콩닥거렸다. 어두운 부엌 안에 혼자서 서성거렸다. 장작 더미에 걸터앉았다.

나중에 상이 물려 나왔다. 설거지하고 사랑방 쪽을 한 번 보고서 마당을 가로질러 별채 우리 신방으로 갔다.

밤이 제법 깊어서야 신랑이 돌아왔다.

"학도병으로 잡혀가지 않으려고 며칠 피하러 왔대."

"순사들이 이리로 온 것 모를까요?"

"순사들이 우리 마을까지 오는 일이야 잘 없잖아. 갯목하고 여긴 멀기도 멀고."

"괜히 우리가 피해 보지 않을까요?"

"그렇다고 모른 척 할 수 있나. 뭐 며칠만 있을 거라고 하니 별문제야 없겠지."

"안 돼. 당신 낼부터 정말 힘든 무논 일이잖아요."

내 힘껏 떠밀어 보지만 불가항력이다.

사돈총각이 우리 집에 온 지 사흘째다. 모내기가 한창일 때라 다 무논에 갔다. 집에는 할아버님과 나만 남았다. 아니 사돈총각 백상덕도 있었다. 그는 본채 사랑방과 안방 사이 작은방에 꼭 숨어 있어서 얼굴도 볼 수 없었다.

나는 새댁이라고 집에 있었지만, 아침하고 참하고 점심하고 또 참하고 저녁하고 빨래하고 사람 몇 몫 하는 소를 위해 콩 넣고 쇠죽 쑤느라 새벽부터 밤중까지 엉덩이 잠깐 바닥에 붙일 틈이 없었다. 방에 들어오면 시체처럼 쓰러졌다. 밥과 참을 들로 내가고 집으로 빈 그릇 가져오는 것을 형님과 어머님이 해서 그나마 하루하루를 넘길 수 있었다.

종일 무논에서 일하고 파김치가 되었을 텐데 신랑이 정말 귀찮게 했다. 사돈총각이 우리 집에 머문 날부터 매일 그랬다.

꿈속이었다. 신랑이 사돈총각으로 바뀌어 있었다. 안 된다고 생각하면서도 용암이 대지를 가르고 솟아오르듯 온몸이 뜨겁게 열렸다.

첫닭이 울 때 잠든 신랑을 내려놓고 밖으로 나왔다.

우물 속에 달이 들어 있었다. 두레박을 내리니 달이 흩어졌다. 부서진 달 조각들을 건져 올렸다. 여전히 뜨거운 정수리 위에 차가운 달빛을 쏟아부었다.

정신이 번쩍 들었다.

사립문 쪽 환한 달빛 속에 사돈총각이 조각상처럼 서 있다. 나는 전신이 다 젖은 몸으로 안방 부엌을 향해 천천히 걸어갔다. 시선이 따라왔다.

밥 안칠 가마솥 앞에 앉았다. 저고리와 치마가 몸에 딱 달라붙어 있었다.

부엌 바닥으로 물이 떨어져 흘렀다. 아궁이 속 불길이 크게 일어났다. 사립문 쪽을 봤다. 아궁이 속 불길이 부엌 안을 밝혀서 달빛 속에 서 있을 사돈총각 백상덕은 잘 보이지 않았다.

하지만 백상덕이 내 젖은 몸을 보고 있는 것이 선명하게 느껴졌다. 아궁이 속 불길을 더 크게 일으켰다.

그가 보이지는 않았다. 그래도 나는 온몸으로 마주 보았다.

이제 그를 어떻게 다시 가까이서 볼 수 있을까? 불길에 저고리와 치마가 말랐다.

날이 밝아오는 것을 보며 아침을 먹고 모두 들로 나갔다. 백상덕은 올 때처럼 훌쩍 떠났다.

"간도로 간다는 것 같더구나."

"나라 찾는데 도움이 될 일을 한다는 것 같던데. 어떻든 큰일을 하겠지."

"상덕이는 여기 오지 않았다. 우리 식구 중 아무도 상덕이를 이 봄에 본 사람은 없다."

할아버님이 저녁 후 식구들 하나씩 눈을 맞춰보며 말했다.

–

짐승은 한동안 방문 앞에 서성거리며 무어라고 웅얼거리다가 안방으로 물러갔다. 그래도 무서웠다. 방문에 의자를 붙여놓고 거기 앉았다.

폰을 열어 게임을 하며 밤을 새웠다. 짐승이 방문 앞에 와서 문손잡이를 몇 번이나 만졌다. 그때마다 낮은 소리로 경고했다.

전화벨 소리에 깼다. 의자에 앉은 채 깜박 졸았던 모양이다.

"야, 김 원장. 이 가스나야. 지금 몇 시고! 퍼떡 일나 안 오나."

아홉 시가 넘었다. 담탱이 강스 쌤이다.

"아~! 쌤! 밤 꼴딱 샜다니까요.

전화하지 마요. 저, 이제 잘래요."

"이 가스나가. 그래, 알았다. 지금 못 오면 이따 학교 와서 점심이라도 먹어라."

더 잔소리가 길어지기 전에 전화 끊고 전원도 껐다.

더덕 냄새

문학 수행평가 조별 과제를 하고 있었다. 김정한 소설 '산서동 뒷이야기'에 나오는 인물들을 정리하기 위해서 한 번 더 정독 중이었다.

"초롱아, 타꼬야끼 사왔다."

거실에서 엄마가 불렀다. 뭔 이야기인 줄도 모르고 그냥 대답만 했다.

춘식이는 박노인의 아들이다. 나미오의 소학교 동창이다.

"아니, 춘식이는 6·25 사변통에 죽었어."

나미오가 찾아오기 스무 해도 더 전에 춘식이가 죽었다는 박노인의 대답이다. 나미오는 위로 겸 박노인에게 다시 술을 권하고 담배를 붙여 올렸다.

나는 내가 맡은 소설 속 인물 분석 중 짤막하게 나온 '춘식'이를 인물 관계도에 정리해서 저장하고 다시 읽었다.

"초롱아, 너 좋아하는 타코야끼 사왔다니까."

"알았어. 정리한 것 확인만 하고 나갈게."

"타코야끼 식으면 맛없는데."

"응, 지금 나가."

내 방문을 열고 거실로 나갔다.

문턱도 없는데 무엇에 걸렸다. 앞으로 넘어졌다. 머릿속이 핑 돌며 눈앞이 아찔했다. 바닥을 짚고 일어섰다.

안개가 짙게 낀 것 같았다. 아무런 소리도 들리지 않았다. 이곳은 아무래도 내 방에서 막 나온 우리 집 거실이 아니다.

–

생뚱맞게 더덕 냄새가 확 끼쳐왔다. 꿈자리가 어수선했다. 꿈속의 내가 '춘식'이가 아니라 여고생이었다. 무슨 과제를 한다나.

눈을 떴다. 목화창고 천장 쪽 높이 달린 창문이 훤해지고 있었다. 그때 출입문 쪽에서 쾅 하는 소리가 났다.

문짝이 부서질 듯 열렸다.

"종간나새끼들 아직 처자고 있네."

문가에서 자던 이들이 비명을 질렀다. 군홧발에 걷어차이거나 짓밟힌 모양이다. 비명을 내지르는 소리가 연이어 쏟아졌다.

군복을 입고 M1 소총을 든 못 보던 사람들이 보였다. 이제까지 경비를 서던 청년단은 우두머리 격 간부 하나만 권총을 찼고 나머지는 몽둥이를 들고 있었다.

우리가 수용되어 있던 읍내 목화창고로 청년단과 군복들이 우루루 몰려 들어왔다. 대충 청년단 넷에 군복이 하나씩이었다.

군복은 총을 들고 서 있었다. 청년단이 조를 짜서 우리를 굵은 노끈으로 묶었다. 그리고 일곱 명씩 줄로 세워 허리와 허리를 한 팔 간격으로 다시 묶었다. 맨 뒷사람 허리에 노끈을 개 끈처럼 좀 길게 묶었다.

그 끈을 잡고 창고 앞마당으로 우리를 짐승처럼 몰아 나왔다. 열 줄이 훨씬 넘는 것 같았다. 사람들이 모두 불안에 떨었다. 여기저기서 낮은 소리로 꿍얼거렸다.

그때 붉게 탄 얼굴에 체구가 크고 목소리까지 억세고 대찬, 옆줄 맨 앞에 묶인 원동 종우 형님이,

"와 이라는 기요. 우리가 가입하고 싶어서 가입했나. 보도연맹. 가입하라고 꼬드기고 겁줘서 가입했잖아. 보련원 한 명 소개해서 가입시키면 쌀도 한 말 주었잖아. 소집 교육이나 반공대회 참석할 때마다 참석비 줬고, 일제 때 농

민운동한 것도 다 없애준다며. 우리가 무신 죄인이라꼬."

깨진 꽹과리 소리를 냈다.

일순 사위가 조용해졌다.

군복을 입고 완장을 찬 서북 사투리의 서른 줄 사내가 커다란 체구로 대 위에서 내려왔다. 입을 꽉 다물고 종우 형님에게 다가갔다. 무슨 특무대원이라고 했던 것 같다.

종우 형님이 기를 세우며 사내를 마주 노려보았다. 잠시 눈싸움하던 사내가 느닷없이 군홧발로 종우 형님 정강이를 걷어찼다. 종우 형님이 새된 비명과 함께 차인 다리를 들며 허리가 단박에 접혔다.

"이 종간나새끼. 뭐? 무신 죄로?"

M1 개머리판으로 꺾인 형님 등허리를 내리찍었다. 형님이 그대로 비명도 내지 못한 채 푹 엎어졌다.

종우 형님이 그 뒤에 묶인 사람 허리에 매달렸다. 그 덕에 운동장 바닥에 얼굴을 처박지는 않았다.

"똑바로 서디 못해!"

종우 형님 때문에 옆으로 기울어진 사람 가슴팍을 완장이 또 개머리판으로 찍었다. 그 사람도 대번에 주저앉았다.

그 바람에 그 뒷사람 몸이 뒤틀리며 얼굴이 내 쪽으로 돌아섰다. 얼굴이 새파랗게 변해있었다.

삽이나 괭이를 하나씩 건네받은 우리는 굴비 두름처럼

엮여서 목화창고 뒷문을 통해 나왔다.

한 두어 시간 걸어서 산등성이를 몇 개 넘어섰다. 대부분 허연 옷을 입은 우리 같은 무리가 한 무더기 보였다. 며칠 못 씻은 우리처럼 그들도 땟국물로 꾀죄죄했다. 경찰서 유치장에 갇혔던 사람들이다. 두 무리가 합쳐졌지만 입도 뻥긋 못했다.

한참을 더 걸었다. '깊은골' 좁다란 길에 한 줄로 길게 늘어섰다.

우리를 끌고 왔던 청년단들이 우리 뒤로 늘어섰다. 서북사투리를 쓰는 총을 든 군복들이 그 뒤에 드문드문 둘러섰다.

청년 단장이 우리에게 산비탈을 깎아서 구덩이를 파라고 했다. 굴비처럼 묶인 채 삽으로 비탈을 깎아서 팠다.

몇 삽 뜨지도 않아서 산으로 들면서부터 '째'하던 느낌이 총알처럼 머릿속을 꿰뚫었다.

'이거 우리 무덤이야'라는 소리가 목에 턱 걸려서 입 밖으로 나오지 않았다. 심한 빈혈처럼 눈앞에 별이 아른아른 쏟아졌다.

그 순간 봉인이 풀렸다. 늘 무언가 잃어버린 것 같았다. 떠올리려고 하면 심한 어지럼증을 불러왔던 생각의 한 실타래가 풀린 것이다.

소학교 들어간 이래로 완전히 잊고 살았던 아득한 옛날이 살아나왔다.

그게 꿈일까? 지금 이 삶이 꿈일까?

–

"엄마, 엄마, 어딨어? 왜 이래? 아무것도 보이지 않아."

한 발 더 내딛다가 아래로 굴러떨어졌다. 한없이 계속 떨어졌다. 그러다가 이윽고 바닥에 닿았다.

그렇게 오래 굴러떨어졌는데 떨어진 충격이 없다. 여기가 어딜까? 병원이라면 이렇게 어둡지 않을 텐데. 그러고 보니 그렇게 굴러떨어진 내가 평평한 바닥에 위를 보며 반듯하게 누워있다.

갑자기 오한이 밀려들었다. 춥다. 정말 춥다. 이렇게 추웠던 적이 있었을까? 손으로 이마를 짚어보니 진땀이 묻어나며 뜨끈뜨끈 뜨겁다.

몸을 옆으로 해서 잔뜩 고치처럼 오그렸다. 몸에 무얼 걸치고 있는 것이 없다.

'이게 뭐야?' 싶어 손에 닿는 가슴을 확인하니 그냥 밋밋했다. 깜짝 놀라 손을 아래로 내렸더니 조그만 고추 같은 것이 만져졌다. 고등학교 2학년 여학생인 내 몸에 가슴은 없고 사타구니에 고추가 달려 있다.

이건 꿈이다.

까무룩 정신을 잃었던 모양이다. 눈을 뜨니 날이 어슴푸

레 밝아지고 있다. 빗소리 같은 것이 들렸다. 빛이 들어오는 쪽을 보니 반듯하지 않은, 다소 울퉁불퉁한 직사각형으로 되어 있는 문 같은 것이 보였다.

문인가? 문틀 같은 것에 문짝이 없다. 거기에 갈대로 엮은 발 같은 것이 드리워 있다. 가장자리가 많이 바스러진 갈대발과 비틀어진 문틀 사이로 추적추적 내리는 빗소리가 들어왔다. 그 틈으로 어둑한 빛이 새어들었다.

갈댓잎을 썰어 짓이긴 흙덩이로 바른 우둘투둘한 낮은 벽이 눈에 들어왔다. 그 위로 어린애 팔뚝처럼 가느다란 소나무 서까래가 걸쳐져 있다.

모든 것이 어둑어둑해서 선명하지는 않았다.

서까래 위엔 진흙물을 바른 것 같은 갈대로 엮은 발 같은 것이 덮여 있다. 그러고 보니 바닥도 좀 맨질맨질 하기는 했지만, 갈대발에 흙물을 바르고 콩물을 들인 것이다.

빛이 들어오는 갈대발을 들어 밖을 보려고 손을 뻗는데 손이 고사리손이다. 깜짝 놀라 앉아 보니 내가 발가벗은 채 자고 일어난 너덧 살 꼬맹이다. 가슴도 없고 사타구니엔 조그만 고추가 달려 있다.

꿈이다. 꿈속이다. 그런데 무슨 꿈이 이렇게 생생할까?

옆을 보니 광목 적삼에 속곳을 입은 꼬맹이들 셋이 이불도 없이 자고 있다. 예닐곱 살, 열 살, 열서너 살 되어 보이는 계집애들이다.

내가 허둥거리며 일어나 앉는 바람에 옆자리 열서너 살 되어 보이는 딸내미가 적삼을 여미며 눈을 뜬다.

"춘식아, 이제 괘안나?"

나는 '춘식'이라는 소리에 주위를 두리번거리며 둘러보았다. 나 말고 사내아이는 없었다. 후두둑거리던 빗소리가 세차졌다.

"이제 열은 내린 것 같네. 어젯밤엔 아주 불덩이더만."

놀라서 이마를 짚은 손을 밀어내며 뒤로 물러앉았다.

"와 이라나! 이제 세 바쿠 돌고 열도 내맀으이 학질도 떨어졌겠다."

마치 큰누나가 어린 막냇동생 대하듯 했다.

"이제 일났나? 춘식이 열은 내맀나?"

토담 벽 너머로 굵고 탁한 사내 소리가 건너왔다.

"야~, 이제 열은 다 내린 것 같은데 아~가 쪼매 이상하네예. 낼 모리는 사람 보듯 하미. 이마에 손도 못 대게 해예."

"열이 금방 내려 그런 갑다. 물은 안 찾디~나?"

털북숭이 얼굴이 갈대 거적을 들추며 안으로 불쑥 들어왔다. 거칠고 두꺼운 손으로 이마를 짚었다.

"정말, 세 바쿠 돌았으이 이제 학질 다 나았다. 그나저나 이번 비로 황산강 물이 걱정이다. 을매나 올라 찼는지 보고 피란을 가든동 말든동 히야겠다."

"아이쿠, 내 새끼. 이제 정말 열 다 내렸나?"

마른 몸에 젖비린내가 묻어나는 가슴 커다란 아줌마가 이제 막 사내가 몸을 빼낸 갈대 거적을 밀어내며 들어왔다. 이마를 짚으며 안는 바람에 가슴에 코가 묻혀 숨을 쉴 수가 없었다.

옆방에서 막 잠에서 깬 갓난쟁이가 울며 엄마를 찾는 소리가 들렸다. 이래도 꿈에서 깨지 않았다.

정말 이렇게 보이고, 만져지고, 냄새까지 생생한 이 상황이 꿈일 수 있을까?

이때, 낯선 기억들이 밀려들어 왔다. 내가 다섯 살 춘식이라는 것. 나를 안고 있는 이 아줌마가 이 몸의 엄마라는 것. 옆방에서 악을 쓰며 울고 있는 두 살배기 춘희를 달래러 속곳 위에 검정 광목치마를 두르며 거적 밖으로 나가는 열네 살 춘자가 이 집 장녀라는 것.

둘째가 춘옥이. 내 바로 위가 다음에는 아들 보라고 이름 지은 후남이라는 것. 갈대 도롱이를 어깨에 두르고 갈삿갓을 쓴 채 황산강이 우리 모랫등마을을 쓸어가는 것 아닐까 살펴보러 나간 아버지.

다섯 살 내 머릿속으로 홍수처럼 쏟아져 들어오는 정보 때문에 어지러워 식은땀을 흘리며 몸이 축 늘어졌다.

"춘식아, 그래, 밤새 앓았으이 힘이 없겠지. 좀만 누버 있거라. 죽이라도 끼리 올께."

내 광목 적삼을 찾아서 배를 덮어주고 엄마가 방에서 나갔다.

춘옥이와 후남이가 다가와 '괜안나?' 했다. 춘옥이가 내 이마를 짚었다.

다시 눈을 뜨니 여덟 살 후남이만 곁에 앉아 있다. 한 손으로 내 가슴에서 흘러내리는 적삼을 바로 덮어주며 다른 한 손으로는 내 왼손을 꼭 잡고 내 얼굴과 고추를 번갈아 내려다보고 있었다.

후남. 후(厚 넉넉할 후), 남(南 남쪽 남). 글자대로만 하면 넉넉한 남쪽이지만 '다음에는 아들'이란 뜻으로 지은 이름. 사실 제 이름도 받지 못한 바로 내 손위 누이. 아들 아니라고 소학교 문턱에도 가보지 못한, 땟국물로 꺼뭇꺼뭇한, 본래는 흰색이었을 광목 적삼에 속곳만 걸친, 말라서 광대뼈가 도드라진 후남이.

고추 달고 나온 동생에 대한 부러움 때문에 샘도 내지 못하는 어린 얼굴이 낯선 듯 익숙하다.

밖이 별안간 소란스러워졌다. 더 세차지는 빗소리와 함께 사립 쪽에서 철퍽거리며 뛰어오는 소리가 났다.

"짐 다 싸놨제. 삼랑진 쪽은 벌써 다 잠겼다더라."

"오리숲 나무뿌리들이 잼기지도 않았는데요?"

"여기 다 씰어가는 것 한 시간도 안 걸린다고 물금역으로 전보 왔대. 이제 한 삼십 분도 안 남았을 기다. 해필이만 만조 사리 때네. 황산강 물이 밑에서도 올리붙이고 있어."

아버지가 다급하게 탄식하는 소리를 쏟아냈다.

후남이가 내게 적삼을 입히고 거적을 밀쳤다. 나부터 방 밖으로 나왔다.

아버지가 지게 위에 바소쿠리를 얹었다. 솥과 장독, 양식자루, 괭이 같은 무거운 것을 바소쿠리 위에 올려 묶어 지고 앞장을 섰다.

엄마는 이불 등속과 그을린 냄비, 광주리 같은 것을 큰 보자기로 묶어 머리에 이었다. 한 손으로 머리 위 보퉁이를 잡고 다른 한 손으로 중우 없이 적삼만 입은 내 손을 잡고 아버지 뒤를 따랐다.

춘옥이, 후남이도 조그만 보따리를 하나씩 들고 서로 손 잡은 채 엄마 뒤를 이었다. 춘자 누나는 춘희를 업고 좀 커다란 보따리를 인 채로 맨 뒤에서 따라왔다. 우산도 없이 세찬 비를 그대로 맞으며 철둑 쪽으로 올라갔다.

우리 모랫등마을 사람들이 다 우리 집 같은 모양새다. 앞서거니 뒤서거니 철둑을 따라 물금역 쪽으로 올라갔다.

물금역 가까이 갔을 때였다. 땅과 산이 울렸다. 큰 구렁이가 우는 것 같았다. 굉장한 소리가 아스라이 먼 곳으로 부터 밀물처럼 밀려왔다.

그 기이한 소리에 어른, 아이 할 것 없이 얼어붙어 철둑

위에 발이 묶였다. 부산스럽던 사람들 소리가 딱 그쳤다.

이윽고 아이들 울음소리가 쏟아졌다. 어른들은 그냥 꼼짝도 못 했다. 그냥 얼어붙은 듯 서 있을 뿐이었다.

춘옥이와 후남이도 울었다. 춘희도 춘자 누나 등에 업힌 채 빽빽 울었다.

마침내 황산강 위쪽에서 붉은 물이 오리숲을 한 번에 덮어버렸다. 나무들이 뿌리째 뽑혔다. 뽑힌 나무들이 뒤엉켜 붉은 물결에 몰려 내려왔다.

동일본 대지진 때 쓰나미가 몰려오는 것 같았다.

붉은 물은 들마을과 곧 우리 모랫등마을 집들까지 집어삼키듯 휩쓸고 내려갔다. 곧 저 아래쪽 철둑이 터지고 메깃들로 붉은 물이 몰려갔다.

그런데 가만? 동일본 대지진 때 쓰나미가?

뭔 말이지? 꿈속에서 봤던 이상한 것들이 보였다. 어지러워 비틀거렸다.

엄마가 한 손으로 나를 끌어올려 안았다. 세찬 빗속에서 아버지는 지게를 진 채로, 엄마는 한 손으로 나를 안고 다른 한 손으로 머리에 인 커다란 보퉁이를 잡은 채로 우리 집 갈대지붕이 쓸려 내려가는 것을 눈만 끔뻑이며 보고 서 있다.

"아이고, 이놈의 영감! 쟁기가 뭐라꼬! 이 난리 속에 왜 돌아가!"

아랫집 명자 엄마가 찢어지듯 비명을 쏟아냈다. 곧 여기저기서 사람 찾는 소리가 빗줄기 속을 뚫고 비명처럼 번졌다.

그때, 누군가 여기도 위험하다고 고함을 내질렀다. 나미오 아버지인 것 같았다.

비에 속까지 젖은 이불보따리, 옷보따리 같은 것을 이고진 쫄딱 젖은 사람들이 앞서거니 뒤서거니 비명을 지르면서도 철길을 따라 물금역 쪽으로 꾸물꾸물 올라갔다.

증산마을 철도 관사를 지나서 역사 앞에 이르니 먼저 온 숲마을, 들마을 사람들이 똑 우리 꼴로 모여 있었다.

아이들이랑 늙은이들은 역사에 들어가서 비를 피했고, 남은 사람들은 이미 젖은 짐이지만 짐만 역사 안에 넣고 역사 앞마당에서 비를 쫄딱 맞으며 몰려 있었다.

"명자 아배~, 이제 나랑 애들은 어떡해!"

명자 엄마가 마을 사람들 맨 뒤에 따라 들어오며 울었다. 명자네 아이들도 아빠를 찾으며 소리 내어 울었다.

역사 처마 아래 짐을 놓았다. 춘희를 업은 춘자 누나 옆에 내가 앉았다. 춘옥이와 후남이도 내 옆에 붙어 앉았다.

아직 열이 다 내리지 않았던 것인지 나는 유독 더 떨고 있었다. 춘자 누나가 옷보퉁이를 열어 겨울 솜옷을 꺼내 나에게 입혔다.

여기저기서 물난리에 사라진 사람 찾는 소리로 어지럽던

울음소리가 조금 가라앉았다. 별안간 빗소리가 조금 잦아들었다.

사람들 소리가 뚝 그쳤다.

까닭 없이 생겨났던 정적이 잠시 계속되었다. 다시 소리가 조금씩 나기 시작할 때, 나미오 아버지가 큰소리를 냈다.

"사라무 이러케 내뚜뿌리마 되나. 모캐찬고라도 여러라."

"그래, 모캐창고라도 열어라. 모캐 젖는 게 중하나, 사람 목심이 중하나."

여기저기서 어른들 목소리가 높아졌다.

목화창고가 아니라 물금소학교 교실과 운동장에 짐을 부렸다.

내 처지에 대해 아무에게도 이야기하지 못했다. 열여덟 살 여학생 박초롱이 의식이 남아 있었지만, 너무도 분명한 현실에 비해 그건 꿈에 지나지 않았다. 그리고 며칠이 지나자 정말 춘식이가 현실이고 박초롱은 꿈이었을 뿐인 것으로 마음속에 자리 잡았다. 그리고 그 꿈마저 흐릿하게 기억에서 차츰 멀어졌다.

더구나 그 꿈을 떠올리려 하면 어지러워지고 속이 메스꺼워졌다. 그래서 억지로라도 더 기억 밖으로 내몰았다.

아버지하고 나미오 아버지가 면사무소와 읍사무소를 들

락거렸다. 마을 사람들이 각각 교실 한 자리를 잡아 어른들끼리 수군거렸다. 숲마을이나 들마을, 우리 모랫등마을은 이제 더 집 지어 살 곳이 아니라고 했다. 철둑 안에 마을을 잡자고 했다. 나미오 아버지 이리에 상과 우리 아버지가 주축이 되는 것 같았다.

철둑 안쪽에 가까운 사람이 있거나 싸우는 게 무서운 사람들은 가족 단위로 하나둘 떠났다. 반이 훨씬 넘는 사람들이 떠나고 난 뒤에도 남은 사람들이 꽤 많았다.

남은 사람들이 뭉쳐서 물난리를 덜 겪은 다른 동네에서 온 사람들과 새로 터 잡을 곳 때문에 언성을 높이기도 했다. 그러다가 면장과 읍내 높은 사람이 오가더니 명매기 벼랑에 동네를 만든다고 했다.

쓸려가고 남은 흙투성이 여름 갈대를 베어왔다. 돌이랑 흙을 소달구지나 손수레로 실어 옮겼다. 그것들이 없는 축들은 바지게로 지어 날랐다. 갈대발을 엮어 두 줄로 세우고 대나무로 격자무늬 틀을 짰다.

그리고 갈대발 사이에 진흙을 넣어 토담을 만들었다. 갈대발 안에 진흙이 말랐다. 나무흙손으로 거칠게 미장을 했다. 귀퉁이는 돌과 흙으로 쌓아 기둥을 대신했다. 그 토담에 문틀을 냈다. 갈대지붕을 덮었다.

군에서 집집이 서까래랑 문틀 만들 각목을 약간씩 나눠주었다. 지붕을 만들 때는 마을 사람들 대다수가 참여하는 공동작업으로 했다. 날씨가 도와주어 대략 한 달 남짓 걸렸다.

그 덕분에 저번 집보다는 다들 조금 더 크고 각이 지게 지었다. 그래봐야 부엌, 안방, 건넌방 합해서 부잣집 안방 하나만도 못한 대여섯 평 남짓이다. 그래도 조그만 마당도 있다. 무엇보다 황산강이 저렇게 내려다보였다.

"이제 큰 비 와도 괜찮다. 물 걱정 땜시로 밤새지 않고 잠만 잘 자겠다."

아버지가 속 편한 소리를 했다. 엄마도 벌어진 입을 다물지 못했다.

"걱정이 없기는? 채마밭 다 잼기는데 우째 맴 놓고 자뿌리요?"

"목심 걱정 안 해도 된단 말이제. 글케 말하는 자네도 입 벌어졌구마."

—

소학교 들어간 이래로 완전히 잊고 살았던 아득한 옛날 이 살아나왔다. 그게 꿈일까? 지금 이 삶이 꿈일까?

"이 종간나새끼, 뭐하고 자빠진 거야."

군홧발에 걷어차였다. 오른쪽 옆구리가 화끈하면서 엄청난 통증과 함께 숨이 컥 막혔다. 놈이 내 간을 걷어찬 모양이다. 숨 쉴 수가 없었다. 이렇게 죽나보다 했다.

개머리판으로 친 것처럼 뒤통수에 불이 번쩍 났다. 그 덕에 오히려 숨이 돌아왔다.

내 옆 두 사람은 제법 비탈을 헐어 구덩이처럼 깊이 팠다. 그런데 내 앞의 비탈은 몇 삽 뜨지도 않았다. 그냥 그대로였다. 머리 위에서 흘러내린 것이 이마를 타고 눈두덩이를 덮었다. 세상이 벌겋게 보였다.

나미오네가 마을 사람들 전송을 받으며 기차를 탔다. 부산 쪽으로 해서 저네 나라로 갔다.

다른 지역 일본인들이 야반도주하듯 도망쳤다는 것과 달리 산서동 사람들은 나미오네와 헤어지기를 서운해했다. 나와 나미오도 나중에 꼭 만나자고 서로 굳게 다짐했다.

춘자 누나는 열일곱 살 때 원동 배내마을 정씨 집으로 시집갔다. 자작이 반이 넘는다고, 부자라고들 했다. 시집간다는 말을 듣고 내가 엄청 심술을 부렸다.

신랑은 말 대신에 당나귀를 타고 왔다. 부잣집들과 달리 혼례식이 끝난 그다음 날 누나는 가마를 타고, 신랑은 당나귀를 타고 함께 배내마을 신랑 집으로 갔다. 가마를 타며 춘자 누나가 나를 찾았지만 나가지 않고 숨어 있었다. 누나가 손등으로 눈물을 찍으며 나를 애타게 찾았다. 그러나 끝까지 숨어 있었다. 누나는 그렇게 시집으로 갔다.

그 뒤로 나는 춘자 누나가 정말 보고 싶었다.

엄마가 집에 있었지만 엄마를 잃어버린 것 같았다. 황산 베랑길 위 임경대까지 몇 번을 올랐다. 원동마을은 멀리 강물 저 끝으로 희미하게 보였다. 하지만 배내마을은 산에 가려서 보이지 않았다.

춘옥이와 후남이는 정신대로 끌려갈까 봐서 아버지가 나서서 급하게 시집을 보냈다. 정신대로 끌려가는 사람 중에 일본군 '위안부'로 잡혀가는 사람들이 많다는 소문이 돌면서부터였다. 열다섯이 넘는 딸을 둔 사람들은 딸을 얼른 시집보내지 못해 다급했다.

춘옥이는 구포서 나룻배를 부리며 소작하는 집으로 갔다. 예쁘다고 인근 총각들 애간장을 졸이게 했던 후남이는 동면 법기마을에서 자작과 함께 소작을 부치는 나름 부잣집으로 갔다. 지주인 백 접장 댁 친정곳이라 했다.

다들 울면서 갔다.

누나들 셋 다 소학교 문턱도 넘어보지 못했다. 막내 춘희가 소학교에서 국민학교로 이름이 바뀐 해에 여덟 살이 되었다. 학교 가겠다고 몇 날 며칠을 울었지만 가지 못했다.

나도 소학교에 입학하기 전부터 틈만 나면 밭일을 거들었다. 그래도 거의 봉인이 되어 잘 떠오르지도 않는 '박초롱이 꿈' 덕분일 것이다. 학교에서는 가끔 '천재' 소리를 듣는 축에 속했다.

그러나 아무리 일해도 소출의 반이 훌쩍 넘는 소작료 때문에 집안 형편은 나아지지 않았다. 그리고 학교에 가고 싶어 했지만 가지 못했던 누나들이 있었다. 몇 날 며칠을 악을 쓰며 울어대던 막내 춘희가 짠했다.

내가 욕심냈다면 집에서 어떻게 해서라도 보내주었을 테지만 고등보통학교 진학은 꿈도 꾸지 않았다.

나미오네가 저네 나라로 떠난 후 '토지개혁' 이야기들이 흘러들어왔다. 북에서는 무상몰수 무상분배를 한다고 했다. 남에서도 무상몰수 무상분배를 해야 한다는 치들과 그건 날강도라며 유상몰수 유상분배를 해야 한다는 치들이 맞섰다. 어쨌든 몰수해서 소작농들에게 땅을 나눠주기는 나눠줄 모양이었다.

아버지는 이리에 상과 10년 넘게 함께했던 전력이 있어서 여러 조직과 단체에서 불렀다.

하지만 이제 다 늙어 자신이 나서서 할 일이 없다며 참여하지 않았다. 말없이 밭에서 채소 가꾸는 일만 하고 있었다. 대구, 제주, 여수와 순천에서 끔찍한 소식들이 풍문처럼 들려왔다. 그럴수록 아버지는 밭작물만 붙들고 있었다.

찾아왔던 사람들이 '비겁자', '배신자'라고 해도 묵묵부답이었다. '양산농민봉기사건'으로 옥고를 치른 후 정말 기가 다 꺾인 모양이었다.

'꿩 대신 닭'이라고 내가 저녁이면 원동이나 읍내로 나갔다. 밤늦어 들어오는 날이 많았다. 그러나 아버지는 '어지러운 시절에 너무 나대면 안 된다.'라는 말을 두어 차례 했을 뿐이다.

내가 밤을 새워가며 나돌았지만 다른 말은 없었다.

—

머리 위에서 흘러내린 것이 이마를 타고 눈두덩이를 덮었다. 세상이 벌겋게 보였다.

붉게 물든 세상이 천천히 위아래가 뒤집혔다. '깊은골'에 들어온 이래 세 번째 풀리는 봉인이다.

다른 세상이다.

—

마르고 껑충하게 큰 키. 째진 눈. 이호수 쌤, 강스 쌤이 칠판 앞에 서 있다. 칠판 맨 위에 "소설은 왜 읽는가?"라고 쓰여 있다.

"재밌으니까 읽지 왜 읽어? 또 나온다. '삶은?' '계란이다.'가 아니라 '삶은 경험하는 것이다.' 그러니까 경험하기 위해서 소설도 읽는 것이다.

말이 좀 버벅거리는 것 같지만 뭐, 소설은 재밌어서 읽고, 읽고 난 뒤에 뭔가 남으니까 읽는 거야. 소설 읽으면서 내가 주인공이 되거나, 주인공에 빙의하면 재밌잖아. 안 그래? 드라마도 인물에 내가 빙의되지 않으면 재미없어. 재미없으면 왜 봐? 왜 읽어? 안 그래?

야, 고정식, 이 곰새~야. 안 일나나? 그냥 팍! 뒷통수에 강스파이크 하나 날려 주까? 김유나 양, 웃지 마세요. 웃는 이쁜 여학생 얼굴 보며 뒤통수에 강스 날릴 수도 없고.

그래, 김헤어 원장, 화장 안 먹었는데도 고개 빳빳이 들면 염치없는 녀~지."

"쌤, 지금 그 말 여학생을 외모로 평가하는 말 인권모독인 거 아시죠? 교육청도, 교육부와 청와대도 늘 열려 있어요. 하지만 제가 맘이 태평양처럼 넓어 이번 한 번은 넘어가요. 쌤, 정말 무지 고맙죠?"

"아이고 무서버라. 존~. 아차, 엉뚱한 말이 새어나갈 뻔했네. 김ㅎㅈ빨. 유나 양."

"우와~ 쌤, 기본이 있어야 화장이 먹죠. 그리고 더 심해졌어요. 정말 전화할까요?"

"아, 아, 됐어. 그래, 고마워! 존~ 고마워! 모두 복사물 나눠준 것 있지? 일단 한 번 읽어보세요."

강스 쌤이 김유나에게 파리손 흉내를 내다가 자존심 상

했다는 듯, 입 모양을 '에라 ~ 모르겠다'라며 김유나를 보며 뒤통수에 강스 날리는 시늉을 했다.

교실 안이 한바탕 웃음바다가 되었다.

1　조별로 우리 지역을 배경으로 하는 소설 한 편을 구해서 읽는다. (도서관에 있음)

2　소설을 읽고 조 안에서 자신이 맡았던 역할과 그 결과물을 간단하게 적는다.

3　자신의 상상력을 발휘해서 소설 속 등장인물 중 하나가 되어 겪은 것을 쓴다.

"쌤, 이 수행평가 결과물 제출하는 조가 있을까요? 너~무, 심하지 않아요?"

"뭐가 심해? 최고운. 너네는 낼 거잖아. 괜히 바람잡지 마라. 그래 놓고 저들만 내려고."

"우리가 문학 수업만 받는 것도 아니잖아요. 또 문학 수업 수행평가를 푸우 쌤도 내는데."

"중간고사 수행평가는 나만 낸다. 푸우 쌤은 기말고사 때 낼 거다."

"우와~ 기말고사 때 또 수행평가 있어요? 미친다. 미쳐."

이게 뭐지? 내가 여학생 몸속에 들어와 있다. 다섯 명한 조가 되어 이미 만들어져 있는 조별 모임으로 책상을 옮겨 둘러앉았다.

외모에만 관심이 많은 김유나가 강스 쌤 수업이라고 다른 수업 시간과 달리 복사물과 문학 교과서를 펼쳐두었다.

내신 성적에 민감한 왕눈이 최고운이 복사물 속 소설들 가운데 무엇을 대상으로 할지 얘기해 보라고 했다.

그런데 무언가 자연스럽지 않았다. 내가 맞지 않는 몸을 입고 있는 것 같았다.

"야, 박초롱. 너답지 않다. 왜 그래? 어제 밤샘했나?"

이름과 달리 여드름 잔뜩 난 왕눈이 남학생 최고운이 웬일로 걱정 담은 목소리로 나를 건너본다. 새침데기 엄민아도, 배구부 곰새끼 고정식도 의아한 눈빛이다.

아, 교실 안 풍경이 영화 속처럼 와이프아웃(W.O.) 되고 있다.

—

붉게 물든 세상이 천천히 위아래가 뒤집혔다가 또 뒤엎어졌다. '깊은골'에 들어온 이래 세 번째 풀리는 봉인이다. 다른 세상이다.

눈으로 흘러드는 핏물을 손목을 묶은 로프로 닦아내며

피가 통하지 않아 저릿저릿한 손과 발을 놀려 구덩이를 팠다. 여기저기서 총과 군홧발에 짓밟히는 비명이 끊어지지 않았다.

걱정했던 대로 일곱 명씩 묶인 채로 구덩이 앞에 꿇어앉혔다. 청년단이 찢은 광목천으로, 굴비 두름처럼 묶인 우리 눈을 가렸다.

아, 누군가 더덕 뿌리를 찍었나 보다. 짙은 더덕 냄새가 콧속으로 밀려든다. 총소리와 함께 '춘식'이 삶이 끝나는데 이렇게 짙은 더덕 냄새라니.

이 한 세계가, 하나의 우주가 '나'와 함께 와이프아웃 되려 한다. 다시 이마를 타고 내려오는 피비린내에 섞여 더덕 냄새가 진동한다.

–

"초롱아, 너 좋아하는 타코야끼 사왔다니까."

"알았어. 정리한 것 확인만 하고 나갈게."

"타코야끼 식으면 맛없는데."

"응, 지금 나가."

그런데 이게 무슨 상황이지? 정말 낯익은, 너무나 낯익은 장면이다. 있지도 않은 방문턱에 걸리지 않으려고 내 방문을 조심스레 열고 얼른 나가지 않았다.

거실 쪽을 한 번 건너봤다. 거실 소파에 엄마가 앉아 있다. 타꼬야끼가 놓여 있을 소파 앞 탁자는 다른 소파에 가려 보이지 않았다.

조심스레 한 발만 문밖으로 내어 디뎠다. 이상이 없다. 다시 한 발 디뎠다.

거실이다.

"초롱아, 너 왜 그래? 왜 살금살금 도둑걸음으로 나와?"

"타꼬야끼 사 왔다며? 그런데 문어 냄새가 아니라 웬 더 덕 냄새가 나?"

"……?"

한없이 가벼운 붉은 사랑

마지막 손님이 나갔다.

엄민아는 마트 이모 대신 뒷정리 끝내고 밖으로 나왔다. 평소보다 훨씬 늦은 11시 15분이다. 찻길에서 빠져 돌아들었다. 승용차가 들어서면 사람이 길을 비켜서기 어려운 골목이다. 골목 입구 전봇대에 매달린 가로등 불빛이 흐릿하다.

담배꽁초와 때 묻은 과자봉지가 잡초에 섞여서 깨진 시멘트 틈이랑 담장 아래 흩어져 있다. 길 가운데에는 냄새 나는 하수구가 콘크리트 뚜껑들로 덮여 있다.

슬레이트 지붕을 따라 뻗어나간 골목길이 길게 휘어져 있다. 길 따라 늘어선 블록 담장이 손으로 쓸어도 우수수 부서져 내릴 것 같았다. 막다른 골목으로 접어들었다. 가로등 불빛이 닿지 않아 어두컴컴했다.

집으로 가는 길이다.

매일 다니는 익숙한 길이다. 엄민아가 걸음을 멈칫거렸다. 한 굽이 더 돌아들었다. 골목 끝 막집 앞에 희미한 가로등이 밝혀져 있다. 막집 대문 위 슬래브에는 화분이 몇 개 놓여 있다. 그 좁다란 슬래브가 만든 그늘 밑에 희끄무레한 뭉치가 보였다.

  발걸음이 훨씬 가벼워졌다.

  "할매! 마중 나오지 말라니깐."

  민아의 밝아진 목소리가 골목의 어둠을 살짝 걷어냈다.

  "말 만한 가스나가 이케 지픈 밤에 오는데, 우째 집에 가마이 앉아 있노."

  할매가 일어났다. 한 시간은 족히 기다렸을 것이다. 허리를 두드려 펴며 열어둔 쪽문 안으로 들어갔다.

  민아가 뒤따라 들어가며 녹슨 쪽문을 닫았다. 쇠 긁는 소리가 귀를 찔렀다. 매번 신경에 거슬렸다.

  마당에서 슬래브 옥상으로 이어진 좁은 계단이 높고 가팔랐다. 서너 개도 오르지 않아 할매 허리가 다시 90도로 굽어졌다. 계단이 좁아서 같이 올라가며 부축할 수가 없었다.

  민아가 밑에서 할매 엉덩이를 떠밀어 올렸다.

  "봐라. 할매! 말로 마중 나오노?"

  "이 가스나야. 엉디에 손 따라. 할매 코띠 처박히겠다."

  이 골목 안에 있는 유일한 슬래브 지붕이다.

지붕 한 편에 녹슨 컨테이너가 하나 덩그러니 놓여 있다. 슬래브 지붕에 올려놓은 지 만 10년이 다 되었다. 이 동네에서 보기 힘든 다섯 평 남짓한 원룸, 옥탑방이다. 겉은 녹슨 직육면체 컨테이너 집이지만 속은 원룸으로서 갖출 것 다 갖추었다. 봉사단체 같은 곳에서 마련해 준 것들이다.

좁은 화장실엔 세면기, 순간온수기가 부착된 샤워기, 조그만 세탁기까지 있다. 개수대, 가스버너, 조리대가 있는 조그만 싱크대도 있다. 그 옆에 전기밥솥, 조그만 TV가 얹혀 있는 나지막한 2단 냉장고, 거울 달린 화장대도 있다. 요즘 보기 힘든 철제 캐비닛, 1인용 간이침대, 식탁을 겸하는 책상에는 의자 두 개가 딸려 있다.

민아가 손발부터 씻었다. 잠옷 대용인 체육복으로 갈아입었다. 식탁에 차려둔 밥 한술 들고 나니 자정이 훌쩍 넘었다.

"민준이한테서 전화는 왔다나?"

"아니, 통화한 지 한 두어 달은 됐다."

"군대 간다 디이, 군대 갔나?"

"아무리 그래도 그렇지. 오빠가 군대 갔다면 할매한테 왔다 갔지. 이번 학기 등록 못 했다고 하니깐 그냥 알바 하며 잘 지낼 거다. 등록금 모코 있던지. 그래, 무소식이 희소식이라잖아."

"등록금이 얼매나 모잘랐다고 하디?"

민아가 반색을 했다.

"왜! 할매 돈 있나?"

"있으만 우짤라꼬? 묵고 죽을라 캐도 없다. 참말로 독하지. 신랑이 아무리 싫다 캐도 젖먹이 남매 버려두고 한 분 찾아오기는커녕 우째 십오 년이 되도록 전화 한 통화 없디나!"

또 집 나가 소식 없는 엄마 비난이다. 원인 제공한 아빠에 대한 비난은 한 번도 들어본 적이 없다.

"할매 아들한테선 맨날 전화 오제?"

민아가 시큰둥한 소리를 냈다.

"할매 아들이 머냐. 아빠지. 내사 전화번호도 모린다."

"상습 폭행으로 지 마누라 쫓아내고, 지 새끼한테도 걸핏하면 주먹이나 빗자루로 폭행하고, 질 낳아서 키운 엄마도 내버리고. 뭣보다 집문서 훔쳐 가서 딴 살림 차린 남자가 뭔 아빠야. 없었으면 우리 집도 남아있고, 할매가 생보자라도 되어 살기 덜 힘들 텐데. 내 대학 가기도 훨씬 수월코. 정말 아빠도 뭣도 아이다. 할매 말마따나 철천지 웬수지."

"…."

"생각하면 뭐 하노? 할매, 먼저 자라. 숙제 쬐끔 하고 바로 잘게."

"가스나야. 할매한테 말 좀 이쁘게 해라.

글코, 빨리 자라. 불 꺼야 내도 자지. 낼은 아침부터 일 간다."

간이침대 옆에는 좁은 요와 이불이 늘 깔려 있다. 할매가 이불을 끌어 올려 눈까지 덮었다.

"할매가 다 큰 아가씨한테 맨날 가스나가 뭐꼬. 할매부터 말 이쁘게 해라. 주인집 옷 수선 일이가?"

"가스나 보고 가스나라 카지 뭐라 카꼬? 내사 그 일뿐이제. 누가 이 늘그~이를 불러 주기나 하나."

"알았다. 불이 뭔 상관이고. 눈만 감으만 곧바로 코골면서."

책가방을 여는데 벌써 할매 대답이 없다. 숨소리가 달라졌다. 걀릉걀릉 고양이 소리를 냈다.

민아가 문학 수행평가 과제를 꺼냈다.

책을 펴는데 걷잡을 수 없는 잠이 갑작스레 몰려왔다. 숙제고 뭐고 간이침대로 간신히 기어들어 갔다. 이불도 제대로 덮지 못했다. 갑작스레 침대가 빙글빙글 도는 것 같았다.

왜 이리지? 속이 메스껍다. 세상이 온통 벌겋게 물드는 것 같았다. 투명한 붉은빛만 가득했다.

—

"아끼꼬, 오늘은 우리 차례야. 2교시 국어(일본어) 시간 마치자마자."

"알았어. 느티나무 아래."

아끼꼬가 눈을 사납게 떴다. 느티나무 그늘로 뛰어다니는 사내애들을 쫓아냈다.

둘이서 이미 오래전부터 계속 덧그려져 있는 사방치기 판을 흰 분필토막으로 뚜렷하게 한 번 더 겹쳐서 그렸다.

5학년 마흔네 명 가운데 여학생은 네 명뿐이다. 6학년엔 여학생이 한 명도 없다.

이 네 명이 점심시간마다 사방치기로 넓은 자리를 차지했다. 학교에서 제일 큰 느티나무 그늘 바닥이 단단하게 다져져 반들반들했다.

명자가 교실 남쪽 유리창에 붙어 서 있는 미찌꼬와 순자를 향해 분필토막을 든 손으로 머리 위에 크게 반원을 반복해서 그렸다.

둘도 환하게 웃었다. 명자를 향해 유리창에 열 손가락을 활짝 펴서 잘게 물결처럼 흔들었다.

3교시를 마치는 종소리가 들렸다. 담임선생님을 몰래 좋아하는 미찌꼬도 오늘은 담임선생님이 평소처럼 교무실로 갔으면 했다. 사방치기로 점심시간을 오롯이 다 쓰자면 도시락을 미리 먹어야 했다.

그런데 야마구찌 선생님이 교실에 남아서 남학생 몇과

이야기를 하고 있었다. 오늘은 넷 다 도시락을 미리 꺼내 먹을 수 없었다.

"4교시 시작 전까지 다 먹을 수 있는 사람은 벤또(도시락) 먹어도 된다. 오늘만이다."

5학년과 6학년 대표끼리 점심시간에 축구를 한다고 했다. 내지인(일본인) 야마구찌 우리 5학년 담임선생님과 창씨개명한 조선인 이와모도 6학년 담임선생님도 같이 뛴다고 했다.

운동장에서 미찌꼬가 체육복으로 갈아입은 담임선생님에게서 눈을 떼지 못했다. 미찌꼬 눈이 초승달처럼 동그랗게 휘었다.

미찌꼬는 축구 응원하고 싶단 말을 꺼내려 했다. 하지만 명자 눈빛을 보고선 바로 마음을 고쳐먹었다.

전교생에 교장 선생님까지 나와서 학년 대항 축구 시합을 응원했다. 미찌꼬가 운동장 쪽과 담임선생님을 힐끗거리기는 했지만 넷은 꿋꿋이 사방치기 놀이를 했다.

명자가 8단을 지나 한 바퀴 다 돌았다. 하늘섬에 외발로 뒤돌아서서 왼발등에 사방돌을 올렸다. 왼발등으로 던져 올린 사방돌을 받았다. 외발로 선 채 땅잡기를 하려고 머리 위, 뒤로 사방돌을 던졌다.

그때 백상덕이 찬 공이 6학년 발에 맞고 튀어와 명자 머리에 '툭' 부딪쳤다. 명자가 허물어지듯 주저앉았다가 옆으로 픽 쓰러졌다. 장난인 것처럼, 흑백영화 속 슬로비디오처럼 천천히 허물어졌다.

민아는 속이 메스꺼웠다. 토하지 않으려고 간이침대를 잡고 잔뜩 웅크렸다. 숨을 참고 억지로 침을 내어 삼켰다. 눈을 감고 계속 웅크리고 있었다.

조금 진정되었다. 천천히 눈을 떴다. 주위에 웬 꼬맹이들이 우루루 둘러서 있었다. '이게 뭐지?' 했다.

낯선 기억들이 쏟아져 들어왔다. 침대에 막 기어들어 잠을 청하던 고등학교 2학년 엄민아가 아니었다.

자신은 소학교 5학년 허명자였다. 뭔 일인지 이해가 안 됐다. 낯선 어조의 일본말이 들렸다. 양호실로 데려가라는 이치가와 교장 선생님 말씀이었다.

나는 일어서지 못했다. 미찌꼬가 업었다. 아끼꼬와 순자가 뒤에서 받치며 보건실로 데려왔다. 침대에 누워서도 계속 어지러워 눈을 꼭 감고 있었다. 잠들었다가 깨어났다.

나는 허명자다. 그러면 엄민아는 누굴까? 엄민아를 떠올렸다. 다시 어지러워졌다. 눈을 다시 감았다 떴다.

보건실이다. 나는 틀림없는 허명자다.

문이 열렸다. 아끼꼬, 미찌꼬, 순자가 들어왔다. 그 뒤에 담임선생님과 백상덕이 따라 들어왔다.

"허명자, 계속 어지럽나? 좀 어떻니?"

담임선생님이 내지어(일본말)로 물었다. 이상하지 않았다. 담임선생님이 내 이마를 짚었다.

"이제 괜찮아요. 조금 어지럽기는 한데 뭐 괜찮아요."

내지어로 대답하며 침대에서 일어나 앉았다.

"어지러우면 좀 더 누워 있어라."

담임선생님이 어깨를 눌러서 날 침대에 도로 눕혔다.

"미안하다. 내가 찬 공에 맞았다던데."

백상덕의 조선어다.

"왜 상덕이 네가 찬 공이가. 6학년 발에 맞아 튄 공이제."

상덕이를 좋아하는 아끼꼬가 얼른 받아서 내지어로 말했다.

"그래도 그 공 내가 차기는 찼다 아이가."

내지말이다. 하지만 이상하게 느껴지지 않았다.

아끼꼬보다 머리 하나는 더 큰 백상덕이 미안한 표정으로 누워있는 나를 내려다봤다. 상덕이 옆에 아끼꼬가 어느새 바짝 붙어 서 있었다. 큰오빠 옆에 붙어선 조그만 여동생 같았다.

상덕이의 까맣고 초롱초롱한 눈망울이 허명자 가슴에 '쿵' 떨어져 내렸다. 조그만 꼬맹이 눈빛이 왜 이렇게 사람 맘을 흔들까?

엄민아는 저런 꼬맹이 눈빛에 자기 가슴이 콩닥거리는 게 이상하지 않았다. 엄민아와 허명자의 의식이 서로 섞였다.

–

엄주태가 거실로 들어섰다.

민아가 하얗게 질리며 뻣뻣하게 굳었다. 초등학교 4학년 민준이가 굳어버린 민아를 제 방으로 끌고 도망쳤다.

"이거 정말 안 되겠네. 야, 이 새끼들아. 빨랑 안 나오나. 오랜만에 아빠가 왔는데 와 숨고 지랄이가!"

민아가 겁에 질려 제 방 안에서 꺽꺽댔다. 제대로 울지도 못했다. 오빠 민준이가 민아 등을 토닥거려서 달래며 작은방에서 거실로 나왔다.

"아빠가 왔는데 인사도 안 하고 숨어?"

"아빠. 오셨어요."

민준이만 힘을 짜서 소리를 입 밖으로 내었다. 민아는 민준이 손에 매달리듯 붙어 서서 어깨를 들썩이기만 했다. 숙인 고개를 들지 못했다.

건넌방에서 할매가 문을 벌컥 열고 나왔다.

"참말로 오랜만에 와설랑 와, 애들은 울리고 지랄이가! 민준이는 민아 데불고 작은방에 들어가가. 니 무슨 바람이가? 집에 다 기들어 오고."

"와? 내 집에 내 맘대로 들오도 몬하나!"

엄주태가 역한 술냄새를 풍기며 홀어머니를 흘겨보았다. 그리고 거실 소파에 털썩 앉았다.

"또, 술 처먹었구나. 지 새끼들 불쌍하지도 않나. 와 민아한테 모질게 구노."

"저것이 점점 도망간 지미(제 엄마) 꼭 빼닮아 가잖아.

아, 씨~. 갈수록 그놈 닮아가는 것도 같고. 아! 열불나. 야! 엄민아! 빨랑 안 나오나!"

"이 노무 손이 또 지랄이네. 지 새끼한테 몬하는 말이 없다. 민아는 니 새끼 틀림없다. 할미가 돼서 것도 모를까. 니 새끼 아니면 지 이미도 없는데 내가 진작에 버렸다. 민준아. 문 꼭 잠그고 있어라."

민준이와 민아는 할매 방에서 같이 잤다. 그날은 엄주태가 이상했다. 안방에서 더는 꽥꽥거리지 않았다. 밤이 늦도록 텔레비전 소리만 커다랗게 났다. 민아와 민준이가 아침밥을 먹고 학교 갈 때까지 안방에서 코 고는 소리만 들렸다.

초등학교 1학년 민아가 학교에서 점심을 먹고 집에 왔다. 아파트 현관문 앞에서 한참을 망설이다가 현관문을 열었다. 아빠 신발이 보이지 않았다. 그래도 조심조심 현관 중문을 열었다.

"할매! 학교 다녀왔습니다! 근데, 와?"

할매가 거실 소파에 넋을 놓고 앉아 있었다. 할매 방문이 열려 있었다. 이불장 서랍이 빠져나와 엎어져 그 안에 있던 것들이 방바닥에 다 흩어져 있었다.

–

잠이 깨었다. 멀리서부터 울리는 소리가 다가왔다. 사위가 캄캄한 깊은 밤이다. 열차가 역에 서지 않고 속도만 줄인 채 지나갔다. 급행열차다.

역장관사는 철로에서 멀리 떨어져 있지 않았다. 다다미방인데도 방바닥이 덜덜덜 울렸다. 아끼꼬는 새근새근 잠들어 깰 기미가 없었다. 아끼꼬 집에 와서 첫날이다.

수업 마치고 아끼꼬랑 역 관사로 하교했다. 갈림길을 지나쳤다. 갈림길에서 우리 집 있던 곳으로 가지 않는 내게,

"아끼꼬 집에 놀러 가냐?"

백상덕이 물었다.

"명자네 구포로 이사 갔다. 명자는 오늘부터 우리 집에서 살 거야."

"명자야, 아버지께서 구포로 전근 가셨나?"

상덕이가 아끼꼬 머리 위로 나를 건너보았다.

"응, 명자 아빠는 구포역으로 전근 가신 지 한 달 넘었

215

어. 구포역 관사 빈방에서 지내다가 이제 집을 구했대. 그
래서 명자네 오늘 이사 간 거야."

아끼꼬가 내게 대답할 틈을 주지 않았다.

어쩜 저렇게 귀엽게 웃을 수 있을까? 반달처럼 위로 휜
눈, 긴 속눈썹이 바르르 떨렸다. 보조개 파인 볼이 잘 익
은 복숭앗빛으로 탱글탱글했다.

키는 작지만, 저도 6학년 들면서부터 여자가 되었다더니
같은 여자인 내가 봐도 가슴이 아릿거리게 하는 눈웃음이
었다.

관사로 들어가는 골목 앞 설송 그늘에 웬 말라깽이 소녀
가 서 있었다. 광목 저고리가 낡아서 희끄무레했다. 헤진
곳이 있어 몇 곳은 덧대어 기웠다. 광목 치마는 들였던 먹
물이 다 빠졌다. 연한 회색과 진한 회색으로 얼룩얼룩했
다. 푸성귀가 조금 내비치는 퇴색한 대나무다래끼를 메고
이쪽을 보고 있었다.

차림새가 학교 문턱에도 발 들여 본 적 없는 여느 소작인
집 딸이었다.

"재수 없어. 벌써 며칠 째야. 하교할 때마다 여기 이렇게
서 있는 게."

키 작은 아끼꼬가 목소리를 조금 낮추어 내지어로 불퉁
거리며 소녀를 노려봤다.

말라깽이는 잘 익은 것처럼 속속들이 햇볕에 탔다. 학교 다니는 아이들보다 훨씬 붉으면서도 조금은 까무잡잡했다. 그러나 갯가 아이치고는 본바탕이 환하게 밝았다.

많이 말랐지만, 훌쩍 컸다. 백상덕이랑 비슷한 정도였다. 게다가 몸매가 여자답게 볼륨이 생겨나고 있었다. 팔다리가 많이 긴 편이었다. 흑백이 또렷한 눈이 계속 상덕이에게 머물러 있더니 내게로 옮겨왔다.

푸른빛 섬광 같은 것이 소녀의 눈에서 반짝였다. 맑고 깨끗했다. 그러나 나는 까닭 없이 섬찟했다. 여자로서의 감이랄까. 순간적으로 찬물을 덮어쓴 것 같았다.

아니다. 감 정도가 아니었다. 정말 위험한 것이 속에서 꿈틀거렸다. 내 내면에 감추어져 있는, 알 수 없는 어떤 것이 말라깽이 소녀 속에 들어있는 무언가에 닿았다.

마주쳐서는 안 될 것을 마주쳤다. 알 수 없는 경계심이 솟구쳤다. 정신이 번쩍 들었다.

눈을 돌려 상덕이를 살펴봤다. 백상덕은 소녀에게 관심이 없었다. 눈을 들어 멀리 갯목 쪽으로 뻗은 제방 위 넓은 길을 보고 있었다.

아끼꼬는 제 엄마를 빼닮았다. 눈웃음, 보조개가 판박이다. 애교가 녹아 있는, 나는 듯 마는 듯한 콧소리까지 하나다. 아끼꼬 엄마가 역 관사의 비어 있던 방을 아끼꼬 방이랑 똑같이 만들어 놓았다.

저녁은 일본식 식탁이 있는 방에서 먹었다. 식탁은 다다미방 가운데를 파서 방바닥을 의자처럼 걸터앉게 되어 있었다. 방 밖에서 보면 좌식이고 실제는 입식인 식탁이다.

이야기를 나누며 먹는 우리 집과 달리 아끼꼬네는 식사가 끝나도록 거의 말을 하지 않았다. 역장인 아끼꼬 아빠는 식사가 끝나자마자 '아끼꼬 공부 좀 잘 봐주렴' 하고는 밖으로 나갔다.

후식으로 우리는 식모가 내어 온 화과자를 조금 먹었다. 아끼꼬 엄마는 차를 마시며 이것저것 많은 것들을 이야기했다. 그리고 전에 왔을 때 물었던 것을 또 묻기도 했다.

마침내, '불편한 게 있으면 언제든 이야기해라.'라는 말을 듣고 우리는 풀려났다.

아끼꼬 방에서는 숙제만 잠깐 했다. 새로 꾸며서 아끼꼬 방과 붙어 있는 내 방에서 수다로 몇 시간을 보냈다.

첫날은 같이 자야 한다며 아끼꼬가 침구를 들고 내 방으로 왔다.

백상덕이 그 애를 마음에 담아서 본 건 소학교 6학년 여름방학 얼마 전이었다.

충격이었다.

그날은 지는 햇살이었지만 꽤 무더웠다. 황산강을 건너

오는 바람인데도 평소와 달리 매우 후덥지근하니 더웠다.

물금역과 갯말 중간쯤이다.

땀 좀 식히려고 오래된 팽나무 그늘에 듬성듬성 놓인 돌덩이에 앉았다. 그늘이 깊어 금세 시원했다. 갑술년 홍수에도 살아남은 유일한 것이다.

이 팽나무를 중심으로 약간 북쪽으로 치우친 모랫등 위에 마을이 있었다. 모랫등마을이다. 그런데 지금은 아무런 흔적도 없다. 그냥 푸성귀 밭이다.

땀이 좀 걷혔다.

백상덕은 막대기로 땅바닥에 문제를 내고 풀었다. 이원일차연립방정식이다. 소학교 졸업하고 보는 고보 시험 문제에 꼭 나온다는 문제였다. 고운 모랫바닥을 발로 지워가며 문제를 내고 또 한참을 풀었다. 쉽게 잘 풀리던 것이 한 문제에서 딱 막혔다.

숨을 크게 몇 번 쉬고 문제를 다시 살폈다. 그때 무언가 슬쩍 다가왔다.

"여긴 이렇게 하는 건데."

묻지도 않는데 마른 나무토막으로 문제를 쓱쓱 풀었다.

"……."

"아, 미안. 허락도 없이 끼어들었네."

철도역 관사 골목 입구에서 별 관심 없이 스치듯 봤던 소녀였다. 그때의 허름한 차림 그대로였다. 언제나 후줄근

한 광목 치마저고리에 푸성귀가 내비치는 대나무다래끼를
어깨에 멘 말라깽이였다.

며칠 전 허명자가 아끼꼬네 집으로 들어갈 때도 거기서
봤었다. 그때까지는 건성이었다. 별로 기억에 남아있는
것이 없었다.

백상덕은 그 소녀를 한 번도 눈을 마주치며 보지 않았
다. 그전에도 몇 번 모랫등마을이 있던 쪽에서 푸성귀를
담은 다래끼를 메고 왔었다. 소작인 집 딸이 틀림없었다.

소학교 문턱도 넘어보지 못했을 것이다.

조선어나 국어(일본어), 한문 같으면 학교에 가지 않아도
배울 수 있다. 그러나 방정식은 신식 학교에 가지 않고 배
울 수 있는 게 아니었다.

빤히 쳐다보는 말라깽이 눈을 마주쳐 보았다. 눈빛이 신
비로웠다. 무수한 별을 건너온 사람의 눈빛이 저럴까? 까
만 눈동자 속에 시리도록 푸른 기운이 가득했다.

"나는 백상덕이야. 저기 갯말 살아."

"알고 있어. 너네 모래톱 땅을 우리 집에서 소작 부치고
있어. 큰 홍수가 나면 지형이 바뀌는 황산강 모래톱에 어
떻게 해서 농사를 짓지도 않는 주인이 있게 되었는지 도무
지 이해가 안 돼.

어떻든 너네 땅을 우리가 소작 부치고 있어. 중간에 사음

(마름)이 있어서 너네 집 소작인들에 대해 넌 잘 모를 거야. 하긴 넌 소작인이나 그 딸 같은 건 아예 관심도 없겠지.

참, 난 이름이 없어. 아예 없는 건 아니고, 부모님이 지어준 이름은 박후남이야. 두터울 후, 남녘 남. 글자대로 하면 '넉넉한 남쪽'이 되지만 실제 뜻은 다음에는 남동생 낳게 해 달라는 뜻이야.

이런 게 어떻게 이름이 되겠니. 난 참 싫어. 내 이름 덕에 고추 달고 나온 녀석이 박춘식이야. 너 다니는 학교 2학년."

지나고 보니 팽나무 아래에서의 그 만남이 현실이었다는 생각은 들지 않았다. 백상덕 자신이 언젠가 만들어낸 기억 같았다. 학교 문턱에도 가 본 적 없는, 배운 적 없는 아이가 어떻게 방정식을 푼다는 말인가.

백상덕이 방학해서 집에 전보로 알리고 서울서 열차를 타고 귀가했다. 여느 때처럼 왕할머니가 역으로 마중을 나왔다.

그런데, 지난번과 달리 왕할머니가 인력거를 불러 타고 왔다.

"괜찮다. 지금 내 나이가 얼마냐. 지금만 해도 넘치게 정정한 거다."

증손자를 보며 봄 햇살처럼 티 없이 웃었다. 역 앞에서 기다리고 있던 인력거에 상덕이가 왕할머니를 부축해서 타게 했다.

좌석이 둘이다. 인력거꾼이 같이 타라고 하는데도 이 길은 걷고 싶다며 왕할머니 옆에서 걸었다.

"애야. 너거 집이 어디고?"

왕할머니가 인력거를 세우며 물었다. 박후남이 지는 햇살을 정면으로 받으며 살짝 찡그린 눈으로, 그러나, 웃음기를 담은 눈빛으로 대답했다.

"저기, 산서동에 삽니다."

손가락이 아니라 손을 들어 쫙 편 손바닥과 팔 전체로 산비탈을 가리켰다.

벼랑에 매달린 명매기(귀제비) 새둥우리 같은 집들이 보였다. (학교 문턱에도 가 본 적 없는 박후남이 격식체 아주높임을 왕할머니에게 자연스럽게 썼다.

백상덕은 그게 참 낯설었다. 손가락이 아니라 손바닥을 펴서 가리키는 모습도 상덕이 생각하기에 박후남이 보일 수 있는 몸짓이 아니었다.)

백상덕이 박후남을 바라보는 표정이 미묘했다.

"이름은 뭐꼬?"

"후남이, 박후남입니다."

"아버님 성함을 물어봐도 되겠니?"

"박, 수자 봉자입니다."

왕할머니 물음에 환한 웃음으로 또박또박 대답했다.

(왕할머니는 소작인 딸, 박후남의 말투와 몸짓이 비현실적이라는 것을 조금도 느끼지 못하는 것 같았다.)

늘씬한 몸매가 눈길을 끌었다.

매일 햇살 속에 있었을 것이다. 그런데도 햇볕에 탄 얼굴이 환하게 밝았다. 마치 후광이 어려 있는 것 같았다.

인력거가 독메 삼거리를 벗어났다. 백상덕이 뒤돌아봤다. 붉은 저녁 햇살 속에 서 있는 늘씬한 실루엣도 돌아서 백상덕을 보고 있었다. 그 모습에 백상덕은 목젖이 아릿거렸다. 속으로부터 뜨거운 것이 솟아 나왔다.

"우리 소작인집 딸이었구나. 참 참한 아해다. 대복이랑 맺어주어야겠다."

왕할머니가 고개를 주억거리며 혼잣소리처럼 작은 소리로 말했다. 언제나 꼿꼿하게 걷던 백상덕이 돌부리에라도 걸린 듯 '허청', 걸음을 한 번 헛디뎠다.

—

"날 소유하려는 사람과 사는 것은 지옥이다. 나를 사랑하는 사람과 살면 편안하다. 내가 사랑하는 사람과 살면 힘들지라도 행복하다. 어떤 삶을 선택할까?"

"서로 사랑하는 사람과 살래요."

"민아가 욕심이 많구나. 욕심부리는 것도 때론 좋은 일이다. 만약 선택지가 위 세 개뿐이라면 어떤 게 좋겠니?"

"그래도 서로 사랑하는 사람과 살 겁니다.

아! 쌤! 뭐라 하지 마요! 어쩔 수 없다면 내가 사랑하는 사람과 살아야죠. 힘든 게 문젤까요?

참 그런데 쌤, 지옥은 있다고 하면서 천국에 대한 예는 왜 없어요? 서로 사랑하는 사람끼리 살면 천국 아닌가요?"

"지옥은 분명히 있다. 소유하려는 사람끼리 살면 지옥은 피할 수 없다. 처음엔 사랑했지만 살면서 소유하려 하면 그 순간 삶은 지옥으로 바뀐다.

그리고 사랑하는 사람끼리 살아도 생겨나는 소유욕을 끊고 환경과 운명이 받쳐주어야 천국이 된다. 그런 천국은 없다고 봐야 할 거다."

"쌤은 상황론자군요. 환경과 운명도, 상대마저도 다 사랑으로 바꿀 수 있어야죠."

김유나가 엄민아 옆줄 제 자리에 엎드리며 반박했다. 강스 쌤이 아니라 앉은 채 자고 있었을 텐데 용케 좀 들었던 모양이다.

잠이 덜 깨어 잠긴 목소리였다. 처음엔 중얼거리듯 소리가 좀 작았지만 이내 교실 안에 다 들리게 큰 소리로 말했다.

조선인 농민의 대다수는 소작인이다. 소출의 5할이 넘는 도조. 거기에 비룟값, 농약값, 세금을 더하면 소작인 부담이 생산량의 7할 이상이 된다. 지금의 제도에서 애써 농사 지은 소작인은 소출의 3할을 가져가기도 어렵다.

소출의 3할로는 어떠한 저축도 불가능하다. 소작인은 흉년이 아니라도 단순히 먹고 사는 것 이상을 추구할 수 없다.

그래서 한 번 소작인으로 굴러떨어지고 나면 죽을 때까지, 아니 대를 이어서 그 굴레를 벗어나지 못한다. 갈수록 부익부 빈익빈이 심해져 지주 하나에 소작인이 수십, 수백이 넘게 된다. 부자 하나가 나면 세 동네가 망한다는 말이 그냥 나온 말이 아니다.

지주 입장으로는 소작인은 가난해야 한다. 그래서 문화생활을 할 수 없어야 한다. 그래야 소수의 지주가 대를 이어가며 풍요를 누릴 수 있다.

그래서 쇼와 7년(1932)에 농민조합이 소작료를 4할로 내리고 세금을 지주가 부담하라고 요구했을 때 사람을 둘씩이나 죽이며 무력 진압을 했었다.

소작인들이 생활에 여유가 생겨 읽고 쓸 수 있게 되면 소작제도의 불합리에 눈뜰 수밖에 없다. 지주 입장으로는 초가삼간을 태우는 한이 있더라도, 이 상황에서는 빈대를 잡을 수밖에 없었다.

이런 상황에서 그는 소작료 4할, 나아가 '경자유전'이라는 이상을 꿈꾸고 있다. 달걀로 바위를 치고 있는 셈이다. 이는 부나방이 불로 뛰어드는 것과 다를 바 없다. 지금 그는 자신을 바위에 내던져 깨지는 달걀이 되려 하고 있다.

그가 온몸을 바쳐서라도 바꾸려 하는 제도의 가치를 나도 일정 부분 인정한다. 그러나 그 자신의 가치는 그 어떤 것과도 바꿀 수 없는 소중한 것이다.

더구나 그는 내게 하나의 온전한 우주 그 자체이다. 그 무엇으로도 대체할 수 없는 존재 그 자체이다.

광복 다음 해. 서울에서 수학 교사 사표를 내고 그가 있는 곳으로 내려온 날 쓴 내 일기 구절이다.

백상덕,

그가 국민학교 5학년(쇼와 12년, 1937년) 운명의 날 이후, 마침내 내게로 온 것은 쇼와 19년(1944) 여름 드는 무렵이었다.

그와 내가 다니던 학교 측에서 오후 수업을 모두 휴강했다. 여학생들은 오후 수업을 정신대 활동으로 대체했다. 머릿수건을 하고 어깨에서 허리로 띠를 걸쳤다.

교수들과 함께 경성역으로 갔다. 학도병에 지원한 청년

들을 응원했다.

땡볕에 몇 시간 분답게 움직인 뒤라 제법 피곤했다. 찬물로 세수하고 하숙집 마루에 앉아 있었다. 아직 해가 완전히 지기 전이었다.

대문 쪽에서 인기척이 났다. 대문으로 이어진 담장 위로 머리가 하나 솟아올랐다. 신발을 꿰며 뛰어가 샛문을 열었다.

초췌한 안색의 백상덕이 허리를 구부리며 샛문 안으로 들어섰다. 병색이 완연했다.

"아끼꼬는?"

그 몰골로 나를 보며 아끼꼬 안부부터 물었다. 아끼꼬와 내가 바뀌었다면 상덕이 아끼꼬에게 무엇부터 물었을까?

"며칠 전에 내지(일본)로 들어갔어. 할아버지께서 돌아가셨대. 한 달은 족히 더 있어야 나올 거야.

그런데 학도병 간 것 아니었어? 학교에서는 다 그렇게 알고 있던데?"

"사정이 있었어."

"응, 그런데 안색이 왜 이래? 차림새도 그렇고. 정말 크게 아픈 것 같네."

하얗게 마른 입술로 물을 달라고 했다. 대접에 받아온 물을 시원스레 마시지도 못했다. 몇 모금 축이기만 했다.

그 커다란 사람이 마룻바닥에 털썩 엎어졌다. 의식은 있어서 일단 방으로 들일 수 있었다. 요를 깔고 베개와 이불을 내었다. 무얼 물어보기도 전에 백상덕은 잠에 빠졌다.

그러고 보니 내 냄새가 잔뜩 배어있는 베개와 이부자리였다. 어쩔 수 없었다.

머리맡에 앉아서 잠든 얼굴을 내려다봤다. 오학년 그때 보건실에서 나를 내려다보던 어린 시절 얼굴이 조금 남아있었다. 미안함과 난처함이 섞여 있는 어린 시절 얼굴이 지금 모습에 겹쳐 보였다.

한숨이 나왔다.

이마를 만져보니 열이 높았다. 방 밖으로 나왔다.

"명자 학생! 방에 지금, 아끼꼬 학생 연인 친구?"

하숙집 할매는 언제나 백상덕을 '아끼꼬 학생 연인 친구'라고 불렀다.

"할매, 내 연인 친구야."

백상덕이 하숙집에 올 때마다 아끼꼬가 꿀이 뚝뚝 흐르는 표정으로 말했었다.

"내가 왜 네 애인이냐? 그냥 친구지."

그럴 때마다 백상덕이 아끼꼬와 나누던 달콤한 시선을 거두어 나를 돌아보며 아끼꼬의 말에 선을 그었다.

"상덕 씨. 아직도 연인과 애인 구분 못 해? 애인은 육체적 관계고 연인은 순수하게 사랑하는 사이야."

그때마다 아끼꼬가 애인과 연인의 차이를 설명했지만 똑같은 상황에서 백상덕의 반응도 한결같았다.

"정말 아픈 것 같던데. 무슨 일?"

"많이 아픈 것 같아요. 무슨 일이 있었는지 물어보지도 못했어요."

놋대야를 찾아 찬물을 받았다. 할매가 수건을 건네주었다.

"의원 데려올까?"

"뭔 일인지도 모르는데. 우선은 깨어난 뒤에 이야기 듣고 부르든 말든 해야 할 것 같아요."

수건과 대야를 들고 방으로 들어갔다.

"하긴, 세상이 정말 뒤숭숭해. 내가 미음하고 녹두죽이라도 끓일게."

할매가 행주치마에 손을 닦으며 부엌으로 들어갔다.

젖은 수건을 짜서 이마와 얼굴을 닦아주었다. 그런데도 잠에서 깨지 않았다. 대야의 물을 두 번째 갈았을 때 상덕이 물을 찾았다. 혼자서 일어나지 못했다.

내가 억지로 안아 일으켜 떠받쳐 안은 채 먹였다. 조금 후 사발을 받아 반 사발 넘게 마시고는 다시 잠들었다.

할매가 미음과 녹두죽을 들고 왔다. 깨워도 깨지 않았다. 그냥 두고 일단 식당으로 건너가서 내 저녁부터 챙겨 먹었다.

아끼꼬는 내지(일본)에 있다. 다른 하숙생들은 아직 집에 오지 않았다. 방으로 들어와 물수건만 계속 갈아 주었다. 뽐뿌(펌프)로 자아올린 찬물로 물수건을 갈아 주다 보니 자정 넘어 다행히 열이 내렸다.

크게 하품을 하는데 상덕이 눈을 떴다.

"여기가 어디야?"

"내 방이지. 생각 안 나?"

"응, 생각나네. 배고프다."

"열 내리느라고 내 고생한 것 하나도 모르지?"

"생색은. 눈 떠 보니 하품만 크게 하더만."

미음과 녹두죽 두 그릇 모두 뚝딱 먹더니 픽 쓰러져 금세 다시 잠에 빠졌다. 땀을 흘리며 작은 소리로 앓는 소리를 냈다. 이마를 짚어보니 미열이 여전히 남아있었다.

백상덕이 눈을 떴다. 마주친 눈빛이 신비로웠다. 무수히 많은 은하와 별들을 건너온 사람이다. 후남이 까만 눈동자 속에 시리도록 푸른 기운이 가득했다. 양팔을 벌리니 아무런 머뭇거림 없이 뜨겁게 안겨 왔다.

백상덕은 후남이가 명자로 바뀌었다가 명자가 후남이로 다시 바뀌는 꿈을 꾼 것만 같았다.

미닫이문이 밝았다. 밖에서 하숙집 할매가 아침 준비하

는 소리를 내고 있었다. 펌프에 마중물을 넣고 물을 자아올리고 있었다. 이마를 짚어보니 열은 말끔히 내려 있었다.

몸을 빼내어 일어나려 하는데 두툼하고 커다란 손이 내 손을 잡았다. 별안간 부끄러움이 밀려들어 가만히 있었다. 내 손을 잡은 채 무슨 생각에 깊이 빠진 것 같았다.

"이제 열은 다 내렸네. 하숙집 할매 때문에 지금 나갈 수도 없고."

자그마하게 낮춘 내 목소리를 듣더니 백상덕이 한순간 흠칫하는 것 같았다. 백상덕이 숨을 깊이 들이마셨다가 천천히 내쉬며 눈을 떴다.

마주친 눈빛에 눈이 부셨다. 눈을 감고 그의 품 안으로 얼굴을 묻었다.

백상덕은 사밧재 너머 법기마을 진외가 댁에서 나왔다. 걸어서 경주로 갔다. 가는 길에 비가 내렸다.

후남이가 두레박으로 산산히 부서진 달빛을 길어 올려 정수리에 쏟아부었다. 전신이 다 젖은 몸으로 안방 부엌을 향해 천천히 걸어갔다. 육감적인 후남이 모습이 그의 눈앞에 자꾸 아른거렸다.

백상덕은 그 환영을 지우고 지우며 빗속을 계속 걸었다. 짙은 안개가 내리듯 젖어 드는 비였다.

불국사에서 하룻밤을 묵었다. 거기서 다음 날 아침 불국

사역으로 걸어갈 때 열이 났다.

열차로 대구를 거쳐 영등포까지 왔다. 열차 안에서 상덕은 열이 점점 더 심해졌다.

열차가 영등포역에 도착했다.

얼굴에 열꽃이 피었다. 볼과 이마는 물론 귓불까지 붉었다. 거기서 한 무리의 학도병들이 탔다. 그 가운데 아는 얼굴이 있었다. 간도와 연해주를 함께 고민했던 학우였다. 그가 검속을 피하게 도와주었다.

서울역에서는 더 많은 수의 학도병들이 탈 것이라 했다. 거기엔 아는 사람이 정말 많을 것이었다.

용산역에서 내렸다. 상덕은 줄곧 걸어서 혜화동까지 왔다.

열을 털고 일어난 상덕이 간도나 연해주로 갈 것이라 했다. 나라를 찾는데 도움이 되는 일을 할 것이라고.

"이런 몸으로?"

체력을 찾을 때까지 내 방에 그를 숨겼다. 하숙집 할매가 나더러 아끼꼬 방을 쓰라고 했다. 내가 고개를 저었다.

처음엔 할매가 미간을 찌푸리며 고개를 갸웃거렸다. 그러다가 숨을 한 번 크게 내쉬었다. 먹는 것을 도와주었다.

내 방은 본채 옆에 약간 돌아 있는 별채였다. 일부러 찾지 않는 한 내 방을 들여다볼 사람은 없었다.

아끼꼬 방은 주인집 방에 붙어 있다. 다른 하숙생들 방은 아끼꼬 방 옆으로 붙어 있다.

소학교를 졸업하고 우리는 동래에 있는 고보로 진학했다. 아끼꼬의 극성 덕에 동래에서 '독서회'를 잠시 했다. 진학한 남학생 다섯 가운데 백상덕, 허석, 양수철, 삼인방이 독서회에 들었다. 순자는 진학하지 않아 빠졌다. 아끼꼬, 미찌꼬, 나까지 다해서 여섯이었다.

그런데 독서회의 남학생 중심축이었던 허석이 별다른 이유 없이 몇 달 후 빠졌다. 양수철 동생 양수연 때문이라고 나는 속으로 짐작만 했다.

얼마 뒤 미찌꼬가 부모를 따라 내지(일본)로 돌아갔다. 아끼꼬는 언제나 백상덕만 챙겼다. 아끼꼬에게 눈길을 자주 주던, 웬만한 여자보다 곱상한 양수철도 고보 마지막 해가 저물기 얼마 전에 빠졌다. 모임은 곧 흐지부지되고 말았다.

허석과 양수철은 내지로 갔다. 백상덕, 아끼꼬, 그리고 나는 서울(경성)로 진학했다. 우리 셋은 독서회는 아니지만, 그럭저럭 자주 만났다. 모두 아끼꼬 덕이었다. 만나서는 학교에서 있었던 시답잖은 이야기로 웃으며 보냈다.

가끔은 '독서회'처럼 정해서 읽었던 책에 대해 밤이 깊도록 이야기를 나누었다. 그런 날은 백상덕이 아끼꼬와 내가 하숙하는 집까지 바래다주었다.

주일(일요일)이면 백상덕이 우리 하숙집을 자주 찾아왔다. 점심까지 얻어먹고 갔다. 하숙집 할매가 '아끼꼬 연인 친구'라며 우리보다 더 백상덕을 반겼다. 백상덕이 온 날은 밥상이 더 푸짐했다.

허석과 함께 일본으로 유학 갔었던 양수철이 학도병에 지원했다는 소식을 들었다. 학도병 문제로 시끄럽던 쇼와 19년(1944) 늦은 봄날이었다. 남학생들은 학도병에 지원하든 말든 계속해서 학교 다니기가 힘든 상황이었다.

백상덕이 휴학했다. 고향으로 내려간다고 하여 셋이 만났다. 밥을 먹었다. 교정 마로니에 벤치에서 백상덕이 뜬금없이 '영웅 이야기'를 했다.

"여러 영웅적 인물들이 죽었어. 그들의 숫자로는 비교할 수 없는 유명, 무명용사들이 죽었던 거야. 숫자로만 세어지는 그야말로 수많은 엑스트라도 죽었어. 그 죽음들을 바닥에 깔고 최후의 영웅이 천신만고 끝에 악마를 처단했대."

선이 마침내 승리한 결말로 이야기를 끝내고 백상덕이 나를 건너봤다. 그런데 백상덕의 낯빛은 밝지 않았다.

"영웅, 용사, 엑스트라 그 누구라 하더라도 다 하나의 우주적 존재야."

백상덕이 끊었던 말을 이었다.

"인간은 누구나 도구가 아닌 존재 자체가 목적이야.

그런데도 전쟁 내내 심지어 영웅들까지도 그저 하나의 바둑알로, 장기짝으로 소모되는 도구일 뿐이었어."

악마를 처단했다는 결말 이후로 백상덕은 계속 나를 보며 이야기를 했다.

"뭐 어떻든 이야기 속일 뿐이니까. 그래도 주인공이 이겼으니 행복한 결말이라고 해야겠네."

아끼꼬가 어떤 과정을 거쳤던 결과적으로 선이 승리했으니 행복한 결말이라 했다.

아끼꼬는 앉은 채로 엉덩이를 움직여 백상덕 옆에 조금 더 다가가 붙어 앉았다. 그러면서 나를 계속해서 건너보며 이야기하는 백상덕의 옆구리를 쿡 찔렀다. 그리곤 건너편 나를 보며 달콤하게 웃었다.

보조개가 팬 볼이 발그레했다.

"그런데 반전이 있어."

백상덕이 바짝 붙어 앉은 아끼꼬를 잠시 내려다봤다. 그리고 나를 보며 슬쩍 웃었다. 괜스레 가슴이 울렁거렸다.

"마지막으로 악마를 처단한 영웅이 거울을 들여다보았더니 거기에 혁명 영웅은 없더라는 거야.

영웅은 거기에 없었어. 영웅의 그림자가 아니라 이전의 악마보다 더 악마적인 새로운 악마가 거울 속에 있었어. 거울 속에서 영웅 대신에 악마가 교묘한 미소를 짓고 있었던 거야."

"무슨 뜻이야?"

맞은편에 앉아 있던 내가 백상덕을 눈 속 깊이 들여다보
며 물었다.

"인간이 인간의 능력과 방법으로 악마와 전면전을 벌여
서 과연 이길 수 있을까?

전쟁을 치르면서 인간은 악마와 닮아질 수밖에 없었어.
악마의 군대와 싸워 이기기 위해서 악마의 전술과 전략을
배워야만 했어.

배워서 더 악마적인 전략과 전술을 사용하는 정말 악마
적인 군대로 만들었어. 인간은 배우는 데 있어서 천재잖
아. 악마의 방법을 배워 쓰지 않고서는 그 전쟁에서 이길
수 없었던 거야.

악마보다 더한 악마가 되지 않고 인간이 악마를 어떻게
이기겠어. 악마보다 더 악마적인 방법을 동원하여 최후의
혁명 영웅이 최후의 악마를 마침내 처단했어.

그동안 혁명 영웅은 악마를 처단하기 위해서 악마적인
짓을 악마보다 더 심하게 할 수밖에 없었어. 그렇게 해서
전쟁에 이겼던 거야.

그러니까 그 혁명 영웅은 결국 이전의 악마보다 더 악마
적인 새로운 악마로 거듭난 거였어. 그 어떤 악마보다 더
악마적인 짓이란 짓은 이미 다 저질렀어. 그런데 그가 악

마가 아닐 수 있겠어?

그래서 악마는 불멸의 존재가 되는 거야. 혁명을 완수한 혁명 영웅이 더 교묘하고 악독한 독재자가 되는 경우가 역사에 얼마나 많아."

"인간은 어떻게 하더라도 타락할 수밖에 없는 존재라고 이야기하려는 것은 아니지?"

나는 백상덕의 눈 속을 깊이 들여다보았다.

"부조리를 제거하겠다고 전쟁을 수행하는 혁명 전선의 전사들이라면 언제든 이런 모순적 진리에 대해 고민해야 한다는 이야기야. 혁명은 외부의 적과도 싸워야 하지만 내부의 적과도 싸우고, 존재의 본질적 모순과도 끊임없이 싸워야 해.

어떤 수단과 방법이든 가리지 않고 싸움에서 이기고야 말겠다는 다짐이 얼마나 무서운 결과를 불러오는지, 깊이 고려해야 한다는 경고야.

대천사가 어느 한순간 전쟁에 이기는 것에만 골몰하다 보면 천사가 아니라 오히려 사탄보다 더한 사탄이 될 수도 있다는 경고일 거야."

백상덕의 표정이 씁쓸했다.

"양수철처럼 만주 쪽이야? 아님, 남양군도?"

아끼꼬가 자신의 머리카락을 흩트리는 백상덕을 고양이

처럼 귀여운 표정을 지으며 고개를 젖혀 올려다봤다.

"몰라, 일단 고향에 내려가 보고."

—

'요시다' 상점주는 전쟁 상황을 정확하게 읽고 있었다.

쇼와 20년(1945) 들면서 새해 첫 달부터 점포들을 정리했
다. 유월엔 시세의 반도 되지 않는 값에 남아있던 점포 셋
가운데 둘을 넘겼다.

칠월 들면서 내지에 미군 폭격이 한창 심했다. 그런데
도 연락선을 통해서 가족들을 본토로 돌려보냈다. 이만중
이 요시다에게 가족들을 내지로 보내도 괜찮겠느냐고 물었
다. 그는 자신의 고향엔 문화재가 많아 폭격이 거의 없다
고 했다.

요시다 상점들을 총괄 관리하던 이만중은 마지막까지 그
의 가장 확실한 손발 노릇을 했다. 요시다는 끝까지 충성
한 이만중에게 가족들이 다 떠나고 자신만 살던 커다란 집
과 하나 남아있던 점포를 서류로 정리해주었다.

그리고 무조건 항복을 한 바로 그 전날에 연락선에 올랐
다. 어떻게 그렇게 절묘한 시점을 택할 수 있었을까? 이만
중은 생각할수록 요시다가 신기했다.

"언제나 무조건 힘 있는 사람 편인 자네는 틀림없이 혼란

기에 성공할 걸세."

요시다가 파악한 이만중의 본질이었다.

사실, 이만중은 누구보다 먼저 창씨개명에 참여했다. 그랬던 이만중은 해방 후 본명 찾는 일에도 가장 빨랐다.

그리고 한동안 영어 공부에 목숨을 걸었다. 놀랍게도 이만중은 영어에 대한 대단한 재능이 있었다. 그래서 부산군정청을 찾아가서 정보국 대위의 통역을 맡을 수 있었다. 운도 계속 따랐던 덕이었다.

정보국 대위는 브라운이라는 흔한 성씨의 아일랜드계 빨강머리 백인이었다. 전신에 붉은 털과 기미 같은 점이 가득한 2미터 조금 넘을 것 같은 거구였다. 그를 생각하면 붉은 털 고릴라가 떠올랐다.

갈수록 통역이 자연스러워졌다. 브라운은 이만중을 칭찬하고 신임했다. 미국식 영어 발음도 좋아했다. 요시다 상점들을 총괄했던 경험을 살려 충성으로 브라운을 모셨다.

하룻밤에 여자를 여섯 명까지 그의 호텔방에 들여보내기도 했다.

계속해서 운이 따랐다.

브라운은 은행장이 살았던 적산가옥을 이만중에게 넘겨주었다. 이만중은 미정보국 소속 직원으로 보고된 정식 직원은 아니었다. 그러나 브라운을 통해서 정식 직원과 똑같은 직원증을 만들어 받았다.

이것으로 청년단에 들어가 부단장도 겸했다. 이 직원증은 거의 만능이었다. 빨간 물 든 놈들을 만들어 검거하는 데 손오공의 여의봉이었다. 청년단, 헌병, 경찰을 마음대로 부려 쓸 수 있었다.

이를 통해서 일본인 서장 총에 만줄이 행님을 맞아 죽게 만든 원흉인 전기혁[쇼와 7년(1932) 경찰서습격사건의 주모자]과 그를 따르는 일당들을 체포했다. 유치장에 넣기 전에 비어 있는 읍내 목화창고에 그들을 포승줄로 묶은 채 가두었다.

창고 옆 관리실 건물로 한 명씩 불러들였다. 그리고 먼저 바닥에 꿇어앉혔다.

"보자. 이 분은 전 면장 전병갑 씨 차남 전기혁 씨구나. 오늘 저녁 잠깐 사이에 풍채 좋던 얼굴이 많이 상하셨네.

어이쿠, 1899년생. 내 선친이랑 동갑이구나. 포승줄은 풀고, 아니 풀지 말고 의자에는 앉혀드려라. 우리 구면이죠?"

"······?"

전기혁은 어쩌면 기억 날 듯하면서 기억이 나지 않는다는 표정이었다.

"이기주 씨 아시나요?"

시간을 주지 않고 불쑥 물었다.

"……?"

당황하는 표정이 역력했다.

"하하, 기억에도 없죠? 높으신 분 기억에 남아있을 리가 있나! 그저 장기 말로 이용당하는 것도 모르고. 속아서 그 바보 같은 인간은 생때같은 자식 놈 목숨까지 바치고. 지도 속 골병으로 일찍 죽었지. 그렇게 속여 부려 먹은 자는 멀쩡하고.

더러븐 놈. 나이만 아니었다면 아가리 이빨 다 털었다."

"이만줄 군 부친 이야기구나. 이기주 씨는 내 소학교 동기지. 그럼 자네는 이만줄 군 동생이겠군. 이만줄 군은 일본인 서장 총에 맞아서 죽었잖은가? 이기주 씨도 일본 경찰 고문 후유증으로 돌아가셨고."

"입 닥쳐. 네 아가리에 올릴 이름이 아니다. 끌고 가서 창고 기둥에 단단히 묶어 놔."

전기혁이 어이없다는 표정으로 무슨 말인가 하려다가 아무런 말도 못 하고 그냥 끌려 나갔다.

잡혀 온 일곱 명 중 다친 곳 없이 멀쩡하게 묶여온 사람은 전기혁 뿐이었다. 그를 제외한 다른 사람들은 모두 몇 곳씩 터지거나 멍들어 있었다.

이만중이 관리실 바닥을 '쾅' 소리가 나도록 구둣발로 굴렀다. 다른 놈들은 다 놓아주는 한이 있어도 전기혁만은 놓아줄 수 없었다.

만줄이 행님의 원한을 갚아야 했다. 여기서 만줄이 행님이 누구를 존경했고 무엇을 추구했던가는 중요하지 않았다.

어떻게든 원인으로 엮을 수 있는 놈이 복수가 가능한 놈이어야 했다. 그리고 그 복수가 자신의 생존에 유리한 것이면 되는 일이었다.

"다음 놈 들여와!"

백상덕은 전기혁을 지키느라 몸싸움을 거칠게 했었다. 정수리 왼쪽 옆이 터져 머리 반쪽이 피로 칠갑이 되어 있었다.

경찰이 거칠게 몸싸움했을 때의 감정을 담아서 백상덕을 포승줄로 묶었다. 그래서 끌려와 꿇어앉혀서도 터져서 피 칠갑을 한 머리 상처보다 묶인 괴로움 때문에 견디지 못하는 것처럼 보였다.

"갯목 사는 잘난 지주 놈 아들이구나. 네놈들 말로 하면 부르주아 자식이지. 그 높으신 부르주아께서 왜 못난 프롤레타리아 상놈들 편은 들고 있냐? 무슨 지랄이냐?"

백상덕이 애써 고개를 들었다. 이만중을 똑바로 봤다. 이만중의 눈에 핏발이 돋아 있었다.

"너, 백상덕. 소작인들이 겪는 고통을 정말 단 하루라도 겪어보기는 했냐? 굶주림에 부황 뜬 고통을 겪어 본

적 있어?

　네놈 집 소작인들 고혈로, 잘났다고 학교 다녔잖아. 놀 것 다 놀고. 잘 처먹어 허우대 그리 멀쩡하게 컸고. 뭐, 꼭 씨가 좋아 그렇게 큰 줄 아냐? 클 때 잘 처먹고 잘 처자서 그런 거야. 소작인 고혈 빨아서.”

　“…….”

　“그런데 가만 생각해보니 세상이 달라지고 있지? 세상이 회까닥 뒤집혀서 부르주아 세상이 아니라 프롤레타리아 세상이 올 것 같지?”

　“…….”

　백상덕은 머리가 터지고 멍든 곳들도 아팠지만 탈골될 것처럼 억세게 묶인 줄 때문에 터져 나오는 신음을 삼키기에도 정신이 없었다. 팔이 저리다 못해 감각이 없어지고 있었다. 이러다 피가 돌지 않아서 양팔 다 죽어버리는 것 아닌가 싶었다.

　고통 때문에 이만중이 무슨 소리를 하는지 아예 들을 수가 없었다.

　“세상이 왕창 한 번 뒤엎어질 때 그 잘난 대가리로 또 윗줄에 앉자는 거잖아.

　하하, 아니라고? 아나, 세상이 그리 쉽게 뒤엎어질 거다. 저런 것들은 그저 모조리 총살해서 한 무더기에 묻어버려야 해. 평생 햇살 한 번 볼 수 없는 지하 감옥에 처넣어 뒈질 때까지 가둬두든지.

전기혁이나 너 같은 놈은 이렇게 가둬도 잘 빠져나가겠지. 하지만 끝까지 추적해서 처단할 거다."

백상덕이 눈을 똑바로 뜨고 대답하려 하자 이만중이 꿇어앉아 있는 백상덕 가슴을 구둣발로 내질러 찼다. 백상덕이 포승줄에 결박된 채 뒤로 벌렁 넘어졌다.

"두메산골 촌놈이네. 산골 촌놈이 뭐 때문에 읍내까지 나와서 지랄이가.

1928년생. 그러니까 쇼와 3년생. 이제 겨우 열아홉 살.

뭐야. 이 나이에 벌써 애새끼 아버지야? 애새끼가 두 살이나 됐다고? 몇 살 때 결혼한 거야?

애새끼까지 딸렸으면 정신 차리고 아버지로서 거둬 키울 생각을 해야지. 뭐 이딴 짓을 하고 있어. 마누라 뱃속에 둘째가 들어섰을 수도 있겠네.

가만 보자. 이름이 송대복이라. 이름은 좋다. 이름 덕에 큰 복 받은 줄 알아라. 반성문 제대로 쓰면 풀어주지. 반성문 쓸라 카거든 포승줄 풀어서 쓰게 하고 내일 아침에 제 가족에게 인수인계해. 다음 놈 들여."

대복이를 끌고 온 청년단 놈이 이만중에게 뭐라 했다.

"야, 이 머저리 새끼야. 여기 잡혀 온 놈들 글 다 잘 써. 말빨, 글빨 다 센 놈들이야."

"이놈은 뭐야? 대가리 시뚱도 안 벗겨진 놈이잖아. 박춘식. 열일곱 살. 뿌리까지 소작농 자식이네.

정신 차려. 이 새끼야. 네가 뭐 얻어 처먹을 것 있다고 부르주아 자식들 놀음에 끼어들어? 잘난 배운 놈들이 옆에 끼워주니까 세상이 요강단지만 같지? 눈에 들어오는 것 없지?

니까짓 게 아무리 난리를 부려봤자 총알받이밖에 더 될까? 너 뒤지고 나면 누가 돌아보기라도 할 줄 알아? 너거 선생님이, 잘난 전기혁 선생님이 너 뒈진 후에 기억이라도 할 줄 알지? 천만에. 만만에, 콩가루차떡이다."

그가 경찰서 유치장에 체포되어 있다는 말을 듣는 순간 난 어떤 것도 할 수가 없었다. 사표 쓸 생각으로 학교에 연가를 내고 한달음에 서울서 내려왔다.

그런데 가족이 아니라서 아예 면회조차 되지 않았다. 얼굴조차 볼 수 없었다. 난감해서 경찰서 앞마당을 서성대고 있을 때였다.

"명자야! 너! 여긴 뭔 일고?"

구포서에 있을 형도 오빠가 놀란 얼굴로 다가왔다.

"깜짝이야. 오빠가 여긴 어쩐 일이가?"

"내사 여기로 며칠 전에 발령 났으니까. 근데 방학도 아니잖아. 아이들 학교 수업은 어쩌고 지금 여기 있는 거냐?"

"학교는 연가 냈어. 갯목 백상덕이 여기 유치장에 갇혀 있다던데. 면회는커녕 얼굴도 볼 수 없네."

"백상덕이? 네가 학기 중에 수업하다 말고, 수업 듣는 아이들 다 내던져두고, 연가까지 내서 한달음에 달려올 사이가?"

허형도가 깜짝 놀란 얼굴이 되었다.

머리에 허연 붕대를 감고 백상덕이 다리를 절며 면회실로 들어왔다. 창살 안으로 두 손을 마주 잡았다. 눈물이 왈칵 쏟아졌다. 손목에도 멍든 자국이 선명했다.

"머리랑, 다리, 손목, 이거 다 어떻게 된 거야? 눈에 보이지 않는 곳도 많이 다쳤을 텐데."

목이 메었다. 눈물 때문에 말이 잘 이어지지 않았다.

"포승줄을 너무 심하게 묶어서 생긴 거야. 머리 터진 곳은 잘 봉합했고. 이젠 괜찮아. 이제 시간만 지나면 다 나을 거야. 우리 꼿꼿한 허명자가 이깟 모습에 눈물을 다 보이냐.

그건 그렇고, 학교 애들은 어떻게 한 거야? 오늘 평일이잖아?

아! 전 선생님이 본청 경찰서로 이송된 것 같아."

"자신 걱정이나 해. 전 선생님은 그쪽 가족들이 잘 챙기겠지. 사복 입은 것 보니 아버님, 어머님께서 오셨던 모양이네.”

“왕할매랑 할아버지께서 다녀가셨어. 형도 형님 덕분에
두 분이랑 면회가 되었어. 대복이 아재나 다른 동무들은
모두 다 아직 면회가 안 되나 봐. 나만 차입한 사복이야.”

“이거! 이거 뭐야? 백상덕이, 아직 가족 아니면 면회 안
되는 거잖아. 가족이라도 하루 한 번만 되는데. 지금 어느
놈이 넣어준 거야?”

큰 소리는 아니었다. 하지만 힘이 실려 있는 목소리가
면회실 안에 쫙 깔렸다. 면회실 안에 일순 정적이 깔렸다.

“허 경사님 동생 분이 백상덕이한테 면회를 와서 허 경사
님이 불러냈습니다.”

“그럼 가족이구만.”

조끼까지 갖춘 검은색 정장 차림에 흰 와이셔츠, 감색 넥
타이를 맨 이만중이 반짝거리는 검정 구두코를 까딱거렸다.

백상덕을 째려보던 눈이 나와 마주쳤다. 그 순간 나는
깜짝 놀랐다. 이만중의 눈에는 빛이 없었다. 무저갱처럼
빛을 빨아들이는 어둠이었다. 절대로 마주쳐서는 안 될 것
을 맞닥뜨렸다. 정신이 확 깨어났다.

내 눈빛에 이만중도 깜짝 놀란 표정을 지었다. 너무나
익숙하면서도 낯선, 위험한 무엇이 내 속에서 꿈틀거렸
다. 내면에서 알 수 없는 경고가 계속해서 울려댔다.

이만중도 정말 놀란 모양이었다. 꼼짝없이 내 눈 속을 들여다보고만 있었다. 그 이만중 속에 숨어 있는 더할 수 없이 위험한 존재가 눈을 뜨고 나를 꿰뚫어 보고 있었다. 서로 한참을 상대방 눈 속만 들여다봤다.

마침내 더는 견딜 수 없다는 듯 이만중이 몸을 돌려 면회실 밖으로 나갔다. 뒤돌아보지도 못했다. 이만중이 몸을 살짝 떨며 면회실 밖으로 나갔다.

"아는 사람이야?"

백상덕이 나를 보며 물었다.

"아니, 첨 보는 사람이야. 굉장히 어둡고 위험한 사람. 이 세상에 있어서는 안 될 사람이야. 절대로 다시 만나서는 안 될 것 같아."

"……!"

"왠지는 몰라. 그냥 느낌이 그래. 정말 무서워. 확신할 수는 없지만, 그 사람 속에 숨어 있는 어떤 것이 나를 보고 있었어."

—

"배꼽 알지?"

"네, 쌤. 그런데 이 마당에 웬 배꼽요?"

"배꼽이 뭐지?"

"엄마 배 속에 있을 때 탯줄로 엄마와 이어져 있었던 흔적이요."

"그래. 우리는 누구나 배 속에 있을 때 탯줄로 엄마와 이어져 있었어. 그 흔적이 바로 배꼽이야. 민아 말처럼. 그런데 만약에 탯줄이 엄마랑 제대로 이어져 있지 않다면 태아는 어떻게 될까?"

"살 수가 없죠. 애기 죽어요."

"그래, 생존과 직결되는 가장 소중한 것이지. 그런데 세상으로 나오면 맨 처음 하는 일이 뭘까?"

"거꾸로 들고 엉덩이 때려요. 우는 소리 내게."

"하하, 그래. 그렇게 하지. 그런데 쌤이 지금 탯줄 이야기하다가 물었으니까."

"탯줄 자르죠."

"그래, 김 원장, 유나 대답이 상황에 적절한 정답이다."

"에이, 쌤 정답은 없다면서요."

역시 김유나다. 이렇게 안 잘 때면 수업에 반응을 잘해서 수업 분위기를 살린다.

"그래, 인생에 정답은 없지. 정답 문제는 그렇고.

생각해보자. 엄마 배 속에서는 목숨줄인, 가장 소중한 탯줄을 세상에 나오자마자 잘라 버리는 거야.

사람이 생존과 직결될 때 밥이나 물보다, 물질보다 소중한 것은 없지. 그런데 생존 문제가 해결된 뒤에 물질이란

249

배꼽과 같은 거야. 세상에 나와서도 배꼽에만 매달려 있을 수는 없는 일이잖아.

거듭 말하면 돈, 물질이란 사람에게 배꼽과 같은 거야. 생존과 직결될 때 물질보다 더 중요한 건 없어.

하지만 생존 문제가 해결되고 나면, 먹고 사는 게 보장된다면 돈이나 물질은 그렇게 소중한 것이라고 할 수 없어. 우리가 이 세상에 온 게 단순히 더 좋은 것 먹고 더 좋은 집에서 더 좋은 차 굴리며 살려고 온 건 아니잖아."

"쌤, 또 2절 시작하셨네요. ㅎㅎ"

김 원장을 위시해서 몇 녀석은 벌써 노골적으로 엎드렸다.

"쌤, 다 잠이 오는 모양인데요. 남 이야기 아닌 쌤 이야기하면 깰 것 같아요."

수학에만 관심을 보이는 최고운이 어쩐 일로 문학 수업 중에 수학 문제 풀지 않고 듣다가 한마디 했다.

"쌤, 이왕 경험 이야기할 거면 신혼 생활 중 가장 감동적이었던 날 이야기."

칼장(카리스마 있는 반장) 조아라가 한마디 거들었다.

"신혼 땐 맨날 감동인데 고를 수가 없잖아."

"아~ 닭살."

엎드렸던 김 원장이 팔을 문지르며 일어났다.

"그래, 너희들 모두 닭살로 한 번 만들어보자."

"열심히 문지르며 들을게요."

평소 말수가 많지 않던 엄민아가 웬일로 팔을 문지르는 시늉을 하며 반응했다.

결혼하고 4년.

시골에 아파트를 한 채 마련했다. 융자는 끌어 올 수 있는 한껏 끌어다 썼다. 전업주부인 아내의 꿈은 참 소박했다.

월급 전날. 만원 하나만 있었으면 좋겠다고 노래를 불렀다. 월급 열흘 전부터는 천 원짜리 한 장 남지 않는 가계였다.

장마가 한창이었다. 밖에는 빗소리가 가득했다. 시계는 아직 초저녁이지만 날이 어두워진 지는 오래다.

결혼 두 해 만에 들어선 첫째가 네 살, 그다음 둘째가 두 살이다. 아이들은 제 방에서 자고 있다.

아내랑 거실에서 빨래를 개고 있었다.

아내가 환호성을 울렸다. 남방 주머니에선가 천 원짜리가 한 장 나왔다. 오른손 손바닥을 마주쳤다. 혹시나 하며 바지 주머니를 뒤졌다. 구겨지기는 했지만, 깨끗하게 세탁된 오천 원짜리가 하나 나왔다.

월급 전날이었다. 두 손바닥을 마주쳤다. 아내의 함박웃음으로 거실이 환하게 밝아졌다.

"우리 이걸로 뭘 할까?"

"통나무집에 가서 생맥주 한 잔. 어때?"

아이들이 잘 자고 있는지 들여다보았다. 아내랑 살짝 아파트 밖으로 나왔다. 우산 하나로 아파트 마당을 가로질러 내려갔다.

"안주 안 시켜도 되나요?"

아내가 가게 문을 열고 얼굴만 들인 채 조심스레 물었다. 큰절 주차장 앞 통나무집엔 저녁인데도 비가 심한 탓인지 다른 손님들이 없었다.

전망 좋은 창가에 앉기는 미안해서 안쪽으로 들어갔다. 안쪽에도 조그만 창이 있었다. 쌈지공원 소나무 굵은 몸통이 보였다. 통나무집 뒤뜰에 내리는 빗소리가 더 크게 들렸다.

생맥주 500cc 두 잔에 4천 원. 팝콘이 무료로 한 접시 따라 나왔다. 조금 후 생맥주 한 잔을 더 시켜 내가 마셨다. 팝콘 한 접시가 또 따라 나왔다.

그냥 붙어 앉아서 빗소리를 들었다. 아이들 자라는 모습 이야기하며 작은 소리로 웃고는 했다. 집이 아닌 곳에서 생맥주잔을 두고 있는 것이 좋았다. 창문에 떨어지는 세찬 빗소리가 포근하고 아늑했다.

통나무집을 나서니 빗줄기가 더 굵어졌다. 아내가 좀 더 밀착했다. 아파트 마당으로 들어서는데, 뒤에서

"쌤~"하는 소리가 빗소리를 뚫고 우산 속으로 들어왔다. 뒤돌아보니 늦게까지 자율학습하고 돌아오는 우리 반

딸내미였다.

아내가 팔짱 낀 팔에 힘을 더 주었다.

"육천 원으로 즐거웠던 그 날. 아마 평생 미소를 베어 물 게 할 밤일 거야."

"쌤, 그런데 마지막에 아내 분이 왜 팔에 힘을 더 주었 어요?"

"야, 엄민아. 아내 분이 뭐냐? 사모님이지. 글코, 왜 힘 을 줬겠냐? 점잖은 푸쌤이 쑥스러워서 팔을 빼려 했겠지."

"그래, 최고운 너 정말 똑똑하다."

엄민아가 째려봤다.

수업 중에 엎어져 자지는 않지만, 앉은 채 멍때리기만 하던 곰새끼 고정식이 질문을 다 했다.

"쌤, 이야기 주제가 뭐죠?"

"뭘까? 이번엔 대답 안 해도 돼. 그냥 생각해봐."

"우리 부부. 이렇게 정 좋았다. 지금도 좋다. 자랑이지 뭐겠냐?"

김 원장으로 불리는 유나가 곰새끼 고정식이 아닌 옆줄 엄민아를 봤다. 그리곤 교실 구석까지 다 들리게 '뭐겠냐?' 에 힘을 주며 은근슬쩍 '쌤'을 쳐다봤다.

"배꼽 이야기한 다음인데?"

조아라가 김유나를 보며 고개를 갸웃했다. 최고운이 받

아서 말했다.

"배꼽 이야기 담에 한 이야기잖아. 물질이 다는 아니지만 최소한의 물질은 있어야 한다. 그래야, 사랑도 사랑답게 된다. 쌤, 좋은 답이죠? 맞죠? 수평 가점 주세요."

김유나가 최고운을 가리키며 입 모양으로 "에구, 점수벌레."라며 나를 봤다.

—

"기름집은 잘 돌아가나?"

푸석한 모습의 허석이 막소주가 들어 있는 됫병을 하나 안고 신혼집으로 쳐들어오며 빙글 웃었다. 먼저 퇴근한 내가 저녁상을 다 차려서 이제 막 내려던 때였다.

"웬 기름집?"

신랑 백상덕이 무슨 뜬금없는 소리냐며 허석이 내미는 막소주 됫병을 받아들었다.

"요즘 하룻저녁에 참깨를 서 말씩이나 볶는다며? 고소한 이야기가 광복동 일대에 쫙 깔렸네."

"하하, 썰렁하네만. 그래. 참기름이 남아나네. 이 소주 다 비우고 됫병에 가득 참기름으로 채워 가게."

"난 오다가 저 앞에서 저녁술은 들고 왔네. 명자 씨. 내 건 소주잔만 내오세요."

소주 안주로 돼지두루치기를 더해서 상을 차려내었다. 그 사이 집안 안부 같은 수인사는 다 나누었나 보았다.

"아직 살림에 익지 않아 찬이 없네요."

"진수성찬이네. 소주 안주까지 이렇게 뚝딱 나오고. 난 저녁술 들고 왔다고 했잖아요.

밥은 먹었다니까. 인사치레 말이 아냐. 두 분 드시게. 난 술이나 한잔하지."

허석이 밥을 내려놓고 술주전자에 됫병소주를 채웠다. 결국 밥은 치우고 술상으로 바꾸었다.

술상 앞에서 신랑과 허석이 별말 없이 연거푸 석 잔을 내리 비웠다. 나는 한 잔만 비우고 소주 쓴맛에 이맛살을 살짝 찌푸리고 조금 물러앉았다. 허석이 내게 술을 억지로 더 권하지는 않았다.

"수철 씨 동생 수연 씨가 우리 모교로 왔다면서요?"

내가 허석을 보며 물었다.

"올봄에. 수연 씨 아버님 직장도 그 근처라 학교 옆으로 아예 이사했대요. 그런데 수철이가 학도병으로 가서 백골로 돌아온 뒤로, 아버님이나 어머님이나 날 꺼려요. 광복 뒤로는 특히, 아버님은 날 반거충이라며 아예 보려 하지도 않고요."

"그래도, 수연 씨는 봐야 하는 것 아닌가요?"

"수연 씨 부모님이 날 못 볼 물건 보듯 하는데 어떻게?"

내가 그래서 수연 씨 포기하는 거냐고 물으려 했다. 그때 신랑이 끼어들었다.

"동창끼리 뭐 말 높이고 그러냐?"

"하하, 아무리 그래도 그렇지. 이제 자네 내자 아닌가. 내외하지 않아 주는 것만도 어딘가."

허석이 앉은 자리에서 허리를 곧추세우고 자세를 더 바르게 했다.

신랑이 허석의 눈을 들여다봤다.

"그래, 나야 기름집이나 돌리고 있지만, 돈 안 되는 일로 젤 바쁜 우리 '허당'선생은 이 시국에 어떻게 지내고 있나?"

"보련(국민도보연맹) 때문에 또 잠수해야 할 상황이네. 이 비좁은 동네에서 잠수하다 그대로 익사하는 것은 아닌지 모르겠네. 자네에겐 압력 없는가?"

"왜 없겠나. 거의 매일 위아래 가리지 않고 시달리네. 안 그래도 기자 생활 접고 교편 잡아 볼 생각이네만. 거긴 그래도 바람이 조금 덜한 모양이더라고. 나야 처남이 경찰인 덕분에 그래도 처지가 남들보다 조금은 나아서 견디고 있네."

"이렇게까지 앞뒤 없고, 잔인하게 보복한다면 피의 악순환뿐이네. 결국 악마만 살아남는, 모두가 악마가 되는 길밖에. 더 악마 같은 악마가 되는 것밖에 남지 않은 것 같아 무섭네.

악질 교관이 신병 둘 세워놓고 서로 돌아가며 뺨 때리기를 시키는 것도 아니고. 걷잡을 수 없이 심하게 돌아가고 있네. 산으로 내몰린 사람들 토벌하고. 토벌당한 사람들이 내려와 보복하고. 마주 보복하고. 정말 끔찍하네.

그런데, 내가 지금 그 산으로 내몰리고 있네. 지금 산은 나하고 맞지 않아. 보복은 끝없는 보복만 불러와서 결국 모두를 파멸로 내몰 뿐인데. 지금 이 끝은 결국 전쟁밖에 없네.

자네나 나는 직접 전쟁터에 뛰어들어 보지는 않았지만, 전쟁이 어떻게 진행되는지 보지 않았나. 더구나 더 걱정스러운 것은 서로 뺨 때리기 끝에 신병 둘이 서로를 죽이겠다고 싸우는 것에서 끝나지도 않을 것이라는 게 더 문젤세.

남과 북만의 싸움이라면 그래도 괜찮겠지만 열강의 대리전을 넘어 열강이 직접 개입까지 하는 사태로 번진다면 답이 없네. 이 강산에 지옥도가 그대로 펼쳐지는 것이지."

허석이 깊은 한숨을 내쉬며 빈 잔을 채워 한숨에 비웠다. 신랑 백상덕도 술주전자를 들어 자신의 빈 잔을 채우려 하자 허석이 주전자를 뺏어 잔을 채워주고 자기 잔을 내밀었다.

또 둘은 연거푸 석 잔을 비웠다.

"나나 자네나, 전 선생님이나, 아니, 저 위쪽 남북의 대가리들이나 이제 모두 어쩔 수 없는 상황까지 내몰린 셈이네.

대구에서, 여순에서, 제주에서 보지 않았나. 게다가 남북이 각각 서로 정통성을 주장하는 국가로 선언한 것이 해를 이미 넘겼네. 지난해 12월에는 국가보안법도 제정되어 실행되고 있네.

'국가보안법' 이제 전쟁만 남았다는 선언이지. 반도인 모두가 바둑알, 장기짝으로 바뀌어 이제 우리들 손을 떠났네. 반도인들의 수십만, 수백만 목숨의 무게라는 것이 강대국 국민의 목숨이 아닌데 그들에게 어떤 가치를 지닐까?

그들에게는 거저 전술, 전략의 한 선택지일 뿐일세. 하긴 강대국 자신들 국민의 목숨이라 한들 마찬가지일세. 전쟁이라는 상황을 만들기만 한다면. 그들 국민의 목숨 역시 마찬가지일세.

정의의 여신 저울 위에서 수백만 반도인의 목숨 무게가 깃털 하나 무게로나마 작동을 할까?"

"이제 전쟁은 피할 수 없는 상황이라는 말인가?"

"그렇네. 전쟁이 이제 목전이네. 사람이, 인간이 아닌 세상이 곧 열릴 걸세."

신랑이 또 한 잔을 비우고 허석을 물끄러미 바라보았다. 그리고 조금은 취한 눈빛으로 건너보다가 불쑥 제안했다.

"나는 모든 것에서 손 뗀다고 선언하고 고향 집에 당분간 칩거하는 것은 어떤가?"

"난 자네완 처지가 많이 달라져 있네. 뭐, 내가 사람을 하나 죽었나. 아니 다치게라도 했나. 강도질을 했나. 도둑질을 했나. 이 정권에서 말하는 불온서적이나 삐라를 만들어 배포했나. 데모를 주도했나. 그런데도 보안대나 경찰에서 나를 그냥 놔두고 보겠나? 산으로 밀려난 동지들도 변절로 보고 그냥 두겠나?"

허석이 소주잔을 들어 투명한 속을 한참 들여다보다가 입안에 털어 넣었다.

"우리가 꿈꾼 세상은 이런 게 아니었어. 아니 내가 꿈꾼 세상은 적어도 이런 게 아니었어. 건강한 노동으로 삼시세끼 해결할 수만 있다면, 누추한 집, 누추한 옷이라도 해결만 된다면 더는 물질에 얽매이지 않기를 바란 거야. 서로를 존중하여 아름다운 소통이 일상이 되는 세계. 서로가 서로에게 아름다운 삶이 되는 세상을 꿈꾸었을 뿐이었어.

나눔으로써 의식주가 해결되고, 의식주가 해결된 다음이면 더는 의식주에 매몰되지 않는 삶. 배꼽에만 매달리지 않는 삶. 아름다운 소통, 일상이 늘 축제가 되는 세상을 꿈꾸었을 뿐이었어."

허석과 신랑이 또 소주를 입 안으로 털어 부었다.

"너무 과분한 꿈을 꾼 죄야. 그런 유토피아를 우리가 꿈꾼 죄지. 세상 사람 모두가 우리처럼 의식주만 해결된다면 물질에 얽매이지 않을 거라고 믿었어. 물질이 아닌 다른 가치를 추구하여 삶을 축제로 받아들일 거라는 허무맹랑한 꿈을 꾼 것이 죄였던 거야.

한 사람, 한 사람이 모두 하나의 우주만큼 소중하다고 꿈꾼 것이 죄였어.

마주 세워놓고 뺨 서로 때리게 하자 결국 서로 죽이겠다고 맹렬히 분노하는 사람의 하나일 뿐이면서. 그 분수를 잊고 이상적 낭만을 꿈꾼 죄를 저지른 것이었어."

허석이 멍한 표정으로 고개를 숙였다. 방 안에 잠시 침묵이 흘렀다. 답답한 침묵을 견디기 어려웠던지 신랑이 물었다.

"자네 생각대로 결국 전쟁이 난다면 '보련' 가입자는 어떻게 될까?"

"국군이 인민군을 밀고 올라가서 쉽게 이긴다면 큰 문제는 없을 걸세. 그 반대가 된다면 모두 죽은 목숨이지."

"자네, 반대로 말한 것 아닌가?"

"조금만 생각해보게. 인민군이 국군을 밀고 한강을 넘었다고 가정해 보세.

인민군이 우세한 상황이네. 인민군 치하의 보련 가입자들은 이렇게 되면 반공에 앞장섰던 자신의 죄를 씻겠다고 인민군에 가담하지 않을까?

그렇게 된다면 한강 남쪽으로 밀린 국군 수뇌부에게 '보련' 가입자들은 잠재적인 적군일 뿐일세. 아니 그렇지 않아도 수뇌부 뇌리엔 '보련'은 빨갱이로 낙인찍혀 있겠지.

적이 우세한 입장이니 군인으로 징발해서 쓰기도 껄끄럽네. '여순'의 경험이 있으니.

정말 전쟁 속에 있는 인간은 인간으로 대접받을 수 없네. 그냥 전쟁물자 중 하나일 뿐. 사용할 수 없는 위험한 물건은 폐기할 수밖에 없지. '보련' 가입자는 이미 빨갱이로 낙인이 찍혀 있네.

전쟁 전에 아무리 열렬히 반공에 앞장을 섰다고 해도 인민군에 의해서가 아니라 국군에 의해서 제거될 걸세. 틀림없네. 전시 체제에서 전술, 전략을 수행하는 인물이 보기에는 모든 것이 그저 전쟁물자, 그 이상도 이하도 아니네. 인간이라고 해서 절대 예외가 될 수 없네.

인간은 목적일 뿐 어떠한 경우에라도 수단이 되어서는 안 된다는 말. 그게 현실로 실현될 거라고 믿는가?"

술이 들어갈수록 허석의 얼굴은 점점 하얗게 탈색되어가고 있었다.

"낭만적 이상주의를 꿈꾼 죄를 어찌할꼬."

소주 됫병 하나를 둘이 다 비우고 나서 허석이 일어섰다. 신랑이 자고 가라며 붙잡고 나는 서재에 이불과 베개를 내었다.

"깨소금 냄새. 참기름 냄새. 이 행복. 잘 누리시게. 고소한 행복을 한 됫병이 아니라 온몸으로 받아 가네."

허석은 이 비좁은 땅에 깊이 잠수하여 결단코 익사하지

않을 것이라며 소주 됫병 하나를 둘이 나눠 마시고서도 꼿꼿한 자세, 반듯한 걸음으로 우리 신혼집 골목을 걸어 나갔다. 그런데 골목 끝 모퉁이쯤에서 잠시 비틀거린 것처럼 보였다.

아마 잘못 봤을 것이다.

—

"이건 사담이야. 인터뷰에 싣지 마.

중국에서 태어나서 소학교 들어가기 직전까지 거기서 살았어. 광복과 함께 서울로 와 살았어.

전쟁 나고 며칠 뒤.

말이 끄는 구루마(수레)에 큰 대포가 실려 있었지. 그때 대포는 첨 봤어. 그런데 말 위에는 중학교 1, 2학년쯤 된 말라 보이는 소년이 타고 있었어. 그 소년은 따발총을 거꾸로 멘 채 채찍을 손에 들었어. 말 엉덩이가 채찍에 피투성이가 되어 있었지.

무거운 대포를 끄는 말에게 부담을 줄이려고 어린 소년이 타도록 했을 거야. 그 어린 소년이 전쟁이 뭔지 알고 참전했을까? 이게 인민군에 대한 강렬한 내 기억이야.

그 후 부모님이 서울을 떠나 고향인 구례로 내려왔어. 지리산 아랫마을이야.

하루는 해가 뉘엿뉘엿 지는 중이었어. 아침에 국군 열댓 명이 빨치산 토벌하러 갔었어. 그들이 붉은 놀을 배경으로 군가를 부르며 대열을 지어 내려왔어. 대열 맨 앞에 중1, 2 정도 되는 군복 입은 소년이 한 걸음 앞서 있었어.

그 소년은 착검한 총을 앞에 세워서 들었어. 바로 그 총 끝에 그 소년 나이 또래의 단발머리 소녀가 목이 잘린 채 꽂혀 있었어.

빨치산을 잡았다고 의기양양하게, 씩씩하게 군가를 불렀어. 군복 입은 소년과 한 무리의 군인들이. 붉은 놀을 배경으로 길을 따라 한없이 걸어 내려오는 거야. 이 장면이 끝없이 반복되는 거야. 이게 국군에 대한 끔찍한 내 기억이야.

이 두 가지가 '한국전쟁'이라는 말을 들을 때마다 떠올리는 가장 강렬한 이미지야.

한 번 더 말하지만 이건 사담이야. 인터뷰 내용에 넣지 않았으면 해."

"아! 쌤! 어떻게 그런 끔찍한 장면을 교실에서, 아이들에게 이야기해요? 소름 돋아요. 보세요."

최고운이 소름 돋은 팔뚝을 내보이며 큰 소리로 말했다. 그러곤 뒷줄 옆 엄민아를 돌아보았다.

"니네가 애냐? 전쟁이 나면 집단 광기에 빠져. 인간이,

사람이 아니게 돼.

니들 곧잘 하는 말이 '시험 안 보게 전쟁이라도 콱 터졌으면'이라는 거잖아. 너무 쉽게 '전쟁이라도 터졌으면' 하잖아. 그래서 한 이야기야. 때마침 6 · 25를 배경으로 하는 대표작을 공부하는 중이기도 하고."

"그래도 너무 끔찍해요. 그런데 그 작가분은 유명한 소설가라 했죠? 그분이 그 체험을 소설로 썼나요?"

최고운이 계속 관심을 보였다.

"인터뷰할 그때, 지금까지도 그 장면들이 너무 생생해서 소설로는 쓸 자신이 없다고 했어. 좀 지리 삭아야 소설로 쓸 텐데. 그 내용이 도무지 지리 삭지 않는다고 했어. 또 소설로 썼다가 앞뒤 없이 눈먼 세력에게 당할 수도 있다면서 아직도 두렵다고 했어.

'보안법'이 시퍼렇게 아직 살아 있다고. 이 시대가 되어서도 스스로 그어둔 선을 걷어내지 못해. 사회적 폭력에 대한 두려움에서 벗어나지 못하는 거야. '트라우마'이겠지.

시대의 상처가 얼마나 깊은지 알 수 있는 말이기도 해. 이야기 듣던 때가 몇 년 전이었지만 그분은 아직도 그 내용을 소설로 쓰지는 못했을 거야."

—

저녁에 형도 오빠가 불쑥 우리 집을 찾았다. 경찰지서 도라꾸(트럭)를 몰고 온 운전사는 골목 밖에 세워두었다.

"백 서방은 퇴근 안 했나?"

"저 밖에 도라꾸(트럭) 운전사죠? 같이 들어와요."

"지금 집 안에 들어갈 시간 없다. 선걸음에 돌아가야 해. 백 서방은?"

"좀 늦을 거라고 아침에, 이야기하고 출근했어요. 근데 오빠, 오늘 평일인데 어떻게 왔어요?"

"지금 바로 돌아가야 해. 백 서방이 걱정돼서 온 거야. 지금 심각한 전시상황이야. 근무시간 끝나기 전에 이쪽에 일 만들어서 차 몰고 온 거야. 준 비상대기인데.

백 서방은 '보련'으로 불려가든 불온분자로 잡혀가든 끌려가기만 하면 목숨 장담할 수 없어. 충청도, 경상도 북부 지역, 전라도, 어디든 전선 가까운 곳들에서는 거의 모두 즉결 처형했던 것 같아.

확실하지 않은 소문이지만 대전에서는 교도소 죄수 수천 명이 한 자리에 묻혔다는 말도 떠돌고 있어. 더구나 경산에서는 '보련' 가입자를 소집해서 폐광에 몰아넣어 수천 명을 학살했다는 말도 안 되는 유언비어도 나돌고 있어. 틀림없이 유언비어나 마타도어일 거야.

하지만 아니 땐 굴뚝에 연기 날까. 소나기는 피하고 봐야 해. 목숨이 달린 일이야. 실감이 안 나는 건 나도 마찬가지지만 정말 엄청나게 무서운 상황이야.

산으로 숨는 건 더 위험하고. 시장처럼 사람들 북적이고 많은 곳이 오히려 나을 수 있어. 잠시 소나기 그을 수 있는 곳 있는지 알아봐.

어쩌면 지금 이 집으로 경찰 정보과나 군 방첩대에서 백 서방 찾으러 올 수도 있어. 낮에 신문사로 체포하러 갔을 수도 있고."

오빠가 허옇게 질린 모습으로 목소리까지 조금씩 떨었다. 걷잡을 수 없는 걱정이 솟구쳤다. 그러나 이내 찬물을 뒤집어쓴 듯 차츰 정신이 맑아졌다. 내가 차분해지자 오빠도 조금씩 안정을 찾는 것 같았다.

오빠가 예전 구포서에서 있었던 일을 꺼냈다. 직장이고 뭐고 백 서방은 무조건 숨어야 한다는 말을 서너 번 더 했다.

오빠는 선걸음 그대로 지서 운전사가 모는 도라꾸를 타고 어두워지기 전에 돌아갔다.

골목을 살펴봤다. 경찰이나 경찰 끄나풀 같은 사람은 보이지 않았다. 허름한 작업복으로 갈아입었다. 낡은 수건으로 머릿수건을 만들어 묶었다. 정류장으로 나가려는데 누군가 대문을 두드리는 소리가 들렸다. 가슴이 덜컥 내려앉았다.

"형수님, 신문사에서 왔습니다."

어둑살(땅거미)이 내리기 시작한 골목길을 내다보니 골

목 끝에 눈에 익지 않은 사람 형체 둘이 서 있었다.

서너 시간 전에 신문사로 경찰이 찾아왔었다고 했다. 국장님 도움으로 잡히지 않고 간신히 피신했다고 했다.

그러나 선배가 집에 들르거나 직접 소식 전하기는 어려울 것 같다고 했다. 이 골목 들어서며 지켜보는 눈들을 봤는데 자신도 무사히 돌아갈 수 있을지 모르겠다고 걱정했다. 집안을 한참 조심조심 살피듯 보더니 대문간에서 그대로 돌아갔다.

걱정 때문에 집에 있을 수가 없었다. 정류장으로 갔다. 낯선 사람 둘이 따라왔다.

둘은 대로까지는 따라오지 않고 골목에 그대로 남았다. 버스를 몇 번 보내도록 기다리는데 따라온 사람 둘이 서로 소곤거리더니 정류장에서 보이지 않는 골목 안으로 돌아들어갔다.

늦도록 기다렸으나 신랑은 집으로 오지 않았다. 두 사람은 우리 집 대문이 보이는 골목 끝에서 나하고 마주치자 어색한 몸짓으로 내가 지나갈 수 있도록 비켜섰다.

다음날에도, 사람은 달랐지만, 낯선 사람이 둘이 짝지어 골목에 서성거렸다.

집에서 마냥 기다리는 것도, 그냥 학교로 출근하는 것도 다 불안했다. 그렇지만 그냥 출근했다.

경찰서 정보과에서 이틀 연속 교무실로 찾아왔다. 수업이 제대로 되지 않았다.

그런데 웬일인지 낯선 사람들은 골목은 지키면서도 집을 찾아와 뒤지거나 하지는 않았다.

점심시간을 앞두고 백상덕이 국장실로 불려갔다.

"중부경찰서에서 출발했다네. '보련'을 학살했다는 소문은 유언비어나 마타도어가 틀림없네. 정말 틀림없을 걸세.

하지만 목숨이 달린 일이네. 이게 내가 지금 가지고 있는 현금 전부네.

일단 숨게. 소나기는 피하고 보세. 숨어서 며칠 지켜본 후 내게 연락하게. 뒷문으로 나가게."

국장이 유언비어나 마타도어라고 강조할수록 백상덕에게는 진실이라고 강조하는 말로 들렸다.

"보련 가입자는 이미 빨갱이로 낙인이 찍혀 있네. 전쟁 전에 아무리 열렬히 반공에 앞장을 섰다고 해도 인민군에 의해서가 아니라 국군에 의해서 제거될 걸세."

허석의 말이 귓속을 파고들었다.

국장이 봉투 하나를 주머니에 쑤셔 넣었다.

"백 기자, 급하네. 거기 가면 사진부 남 기자랑 다른 신문사 기자들이 여럿 있을 거네. 내가 부탁한 것 남 기자한테 잘 전하게. 지금 당장 뛰어가게."

국장은 뒷문까지 따라오며 큰소리로 백상덕 기자를 내보냈다.

백상덕은 '보련'에 들지 않고 배길 수가 없었다. 그래서 교육이나 소집이 있을 때면 취재 기사를 싣는 것으로 '보련' 가입 활동을 대신했다. 하지만 취재를 위해 사진기자와 함께 교육과 소집 장소에 빠지지 않고 참석해야 했다.

'보련' 교육 내용을 반박할 수 있는 분위기가 아니었다. 세뇌에 가까웠다. 소집은 출석 점검이거나 공공장소에서 갖는 반공대회였다.

쫓겨나듯 신문사 밖으로 나온 백상덕은 광복동 쪽으로 걸었다. 용두산공원을 거쳐 자갈치시장으로 갔다. 귀국선을 탔던 사람들은 선주민처럼 자리를 잡았다. 뒤늦게 몰려든 피란민들이 넘쳐났다.

검문을 피해서 잠은 호텔에서 잤다. 이틀을 시장과 부둣가를 돌며 시간을 보냈다. 지저분하고 시끄럽고 냄새가 넘쳐났다. 거기엔 악착같은 생의 의지가 끓어 넘쳤다.

백상덕은 그 속에 녹아들지 못했다. 호텔과 시장통만큼의 거리가 좁혀지지 않았다. 백상덕이 이틀째 시장통을 겉돌고 있었다.

살펴보던 눈에 걸렸다. 취재 중이라며 내보인 기자증으로 검문을 넘겼다.

인파 속으로 들어왔지만, 본바탕이 달랐다. 숨겨지는 것이 아니었다. 백상덕이 갯목 대숲 속 움막을 떠올렸다. 잘만 숨어든다면 며칠 보내기에는 딱 좋은 곳이었다.

신랑이 잠적한 지 사흘째. 시가에서 학교로 사람을 보냈다. 2교시 수업을 시작도 못 하고 연가를 냈다. 급히 물색한 지프차로 시가인 갯목을 거쳐 경찰서에 도착했다.

여름 해가 중천이었다. 경찰서 정문은 잠겨 있었다. 정문 앞에 스무 명은 훨씬 넘는 사람들이 모여 있었다. 총을 멘 군인 네댓, 서른 명은 넘어 보이는 봉을 든 경찰들이 그들을 에워싸듯 둘러 있었다.

들리는 말로 보아 '보련'으로 끌려간 이들의 가족이었다. 포위된 사람들 속에서 시동생이 경찰 사이를 빠져나와 내게로 왔다.

"형님이 깊은 밤에 대숲 움막에 숨어들었나 봐요. 우리식구들 아무도 모르는 일이었어요.

밤에 역에서 내려 논길로 해서 거기에 들어갔나 봐요. 아침상을 물리는데 대숲에서 소란이 일었어요. 좀 있다가 청년단 네댓 놈에게 형님이 포박되어 끌려왔어요. 역에서부터 미행이 붙었는데 형님이 몰랐던가 봐요. 어떤 악착한 인간이 집 주위에도 눈을 붙여 두었던 모양인데 형님이 몰랐겠죠.

곧 군용 지프차가 와서 싣고 떠나는 걸 막지 못했어요. 경찰서로 달려와 봤더니 다른 데로 이송되었다며 어디로 간 것인지 지금까지 알려주지 않아요."

시동생은 몸싸움을 거칠게 했던지 얼굴과 몸에 멍과 상처가 심했다.

"먼저 잡혀 왔던 '보련' 사람들 모두 새벽에 굴비 두름처럼 묶여서 걸어 나갔는데 어디로 간 건지 경찰서 사람들은 모두 모른다고 잡아떼고 있어요. 목화창고에 갇혀 있던 사람들도 같은 시각에 끌려 나갔다는 말도 들었어요.

경찰서 안에 줄이 있었던지 전기혁 선생만은 끌려가지 않았는데 아침에 이만중인가 하는 방첩대 소속 사람이 와서, '어느 놈이 전기혁만 이곳에 남겨 놓았는지 당장 잡아 오라.'며 엄청 화를 냈데요.

그리고 조금 있다가 형님이 잡혀 오자 전기혁과 같이 묶어서 자신이 타고 온 지프차에 태우고 나갔다고 하던데 그 뒤 소식은 아무도 모른다네요."

시동생이 분한 듯, 무언가 겁에 질린 듯 말을 전하며 몸을 떨었다.

잡혀 간 사람들 가족인 모양이었다. 예닐곱 명이 더 왔다. 그 속에서 예닐곱 살 된 딸내미 손을 잡고 돌 지난 것 같은 아이를 포대기로 업은 아낙이 가까이 다가왔다.

시동생이 깜짝 놀라며 아는 체했다. 시동생이 젊은 아낙을 데리고 왔다. 눈이 마주치는 순간 깜짝 놀랐다.

'박후남'.

법기마을 사돈댁 아주머니였다. 그보다 '아끼꼬' 가족들이 머물던 관사 앞에서 봤던 그 말라깽이였다.

후리후리한 키, 포대기를 둘러 아이를 업었지만 늘씬한 몸매가 가려지지 않았다.

건강해 보였다. 붉게 타기는 했지만, 여전히 밝은 얼굴에 눈빛이 깊고 또렷했다. 도무지 농사꾼 아낙으로는 보이지 않았다.

아낙 손을 꼭 잡고 서 있는 예닐곱 살 딸내미 얼굴이 몹시 낯이 익었다. 딸내미가 제 엄마 손을 꼭 잡고 서 있었다.

눈에 맑은 빛이 감돌고 깊이가 있다. 흑백이 또렷했다. 제 엄마를 닮았으면서도 몹시 낯이 익었다. 내 눈을 바로 보며 딸내미가 가볍게 인사를 했다. 까닭 없이 가슴이 찌르르했다.

"신랑이 곰마실 '가마~이(가마니) 창고'에 갇혀 있었어요. 갇힌 지 이틀째인 어젯밤에 지서장이 풀어주어 집에 돌아왔어요.

사돈인 허형도 지서장이 특단을 내려 풀어주었다고 하더

라고요. 아흔이 좀 넘는 사람들이었는데요. 다행이라며 모두 좋아했어요.

　그런데, 신랑은 '춘식이 처남'과 진고모댁 '백 기자님' 걱정을 했어요. 신랑은 막 풀려난 입장이라 집 밖으로 나오지 못하고 저만 이렇게 아이들 업고 손잡고 나왔어요. 집에서 아이들 돌볼 손도 없지만, 시골 아낙들은 길 나설 때 아이들이 큰 의지처가 되거든요.

　친정으로 동생 소식도 들을 겸 친정을 찾아가는 길이었어요. 그런데 도중에 딴말을 듣고 길을 틀어 여기로 왔어요."

　억양은 서울말과 달랐지만, 사투리가 거의 없었다. 학교 문턱에도 가 보지 못한 산골 농사꾼 아낙이 하는 이야기가 아니었다. 또박또박 분명한 말에 조리가 있었다.

　내게 눈을 맞춘 채 이야기하던 박후남이 무엇에 깜짝 놀란 표정을 지었다. 눈을 몇 번 깜박이더니 별안간 어지럼증이 생긴 듯했다. 아이 손을 잡은 채 다른 손으로 이마에 손을 대며 고개를 숙이더니 잠시 비틀했다.

─

　처음에는 아무것도 보이지 않았다. 그저 깜깜했다. 조금씩 붉은빛이 들며 밝아지고 있었다. 흑백이 아니라 투명한 붉은색 농담(진함과 연함)으로 세상이 돌아나왔다.

모든 것이 붉었다. 그 색깔 때문에 속이 메슥거렸다.

어지럼증이 가라앉았다.

흑백영화를 순수한 붉은색 색감으로 채색한 것처럼 보였다. 현실이 아니라는 것을 단박에 느낄 수 있었다.

그런데 흑백영화를 채색한 것과 차이점이 있었다. 그 붉은색이 투명했다.

그래서인지 모든 것이 현실과 비교할 수 없이 가벼워 보였다. 한없이 가벼운 세상이었다.

후남이가 고개를 들어 앞을 보았다. 투명한 붉은 세상속에 끝없이 가벼워진 붉은 사람들이 보였다. 길게 구덩이가 늘어져 있었다. 예닐곱씩 두릅을 지어 그 구덩이 앞에 묶여 있는 사람들이 꿇어앉아 있었다.

그 뒤에 총을 든 군인들과 봉을 든 청년들 역시 붉은색으로 서 있었다.

사물이나, 꿇어앉힌 사람이나, 군인이나, 청년들 모두 무게가 없었다. 투명한 붉은빛으로 투사되어 있었다. 꿇어앉힌 사람 중 하나가 천천히 뒤돌아보았다.

'춘식'이었다.

춘식이와 눈빛이 정확하게 맞추어졌다. 동생 춘식이한테서 아무런 느낌도 전해지지 않았다.

군인들이 총을 쏘았다. 줄지어 꿇어앉아 있던 사람들이 앞으로 천천히 쓰러졌다. 아무런 소리가 없는 세계였다.

뭔가 심하게 거슬렀다. 무게가 사라진 붉은 색깔만 가득한 세상이다. 소리까지 없었다. 몇몇은 구덩이 안으로 굴러떨어지지 않았다. 몽둥이를 든 청년들이 발로 차서 구덩이 안으로 밀어 넣었다.

춘식이도 발길질 한 번에 구덩이 아래로 굴러떨어졌다. 그냥 소리를 꺼 둔 영화 속 한 장면이었다.

무감각의 세계였다.

동생이 총 맞아 죽었다. 아무런 감정도 일지 않았다. 현실 같지 않았다. 몽둥이 청년들이 삽과 괭이를 들었다. 구덩이를 메우기 시작했다.

그때 정장을 걸친 남자가 손수건으로 땀을 닦으며 산 위쪽에서 내려왔다. 그 뒤로 군인 넷이 포승줄에 묶인 장년 하나, 청년 하나를 앞세워 따라 내려왔다. 장년과 청년은 모든 것을 체념한 것 같았다.

후남이가 깜짝 놀라 청년을 보았다.

백상덕이었다. 백상덕이 후남과 눈이 마주치자 무표정을 지우며 희미하게 웃었다.

후남이가 백상덕에게 달아나라며 애타게 고함을 질렀다. 그러나 아무런 소리도 나오지 않았다. 앞으로 달려가려 했다. 발이 땅에 딱 붙었다, 한 발짝도 떼어지지 않았다. 장년과 백상덕이 구덩이 앞에 꿇어앉혀졌다.

백상덕이 더는 돌아보지 않았다. 아무 소리도 없다. 둘이 구덩이 아래로 굴러떨어졌다. 시각뿐, 청각도 미각도 촉각도 없는 세상이다.

후남이 눈에서 춘식이 때와 달리 눈물이 볼을 타고 흘러내렸다. 붉은색 시각만 있던 세상이 와이프아웃 되고 있었다.

그때 느닷없이 짙은 더덕 냄새가 몰려왔다. 하나 남았던 시각마저 사라지며 후각이 살아났다.

짙은 더덕 냄새가 났다. 이윽고 그 더덕 냄새마저 사라졌다. 와이프아웃 되고 있던 붉은 세상마저 통째로 점점이 소멸하며 사라졌다.

비틀하며 쓰러지는 '박후남'을 손을 내밀어 잡았다. 박후남은 빈혈이 있었던지 한순간에 낯색이 하얗게 탈색되어 있었다.

잠깐 비틀하는 사이에 뭘 봤던 것일까.

박후남이 눈물 줄기를 흘리며 어린 딸을 꼭 껴안았다. 아들을 포대기에 업은 채 어린 딸을 껴안으며 후남이가 주저앉았다. 주저앉은 후남이를 나도 모르게 껴안았다.

후남이에게 안긴 아이와 후남이와 후남이 업은 아이를 팔을 벌려 껴안았다.

세상이 온통 붉었다. 아무런 소리도 들리지 않았다. 소리가 없는 투명한 붉은 세상이었다. 한없이 가벼운 붉은 세상을 껴안았다.

내 눈에서도 뜨거운 것이 흘러내리고 있었다.

내 품 안에 무게를 상실한 투명한 붉은색 백상덕이 예닐곱 살 딸내미와 포개어져 있었다. 아무런 감촉 없이 안겨있었다. 붉은 백상덕이 점점 더 투명해졌다.

백상덕과 후남이, 후남이에게 안긴 딸내미와 업힌 아들이 점점이 가루로 흩어지며 사라졌다.

—

메스꺼움이 조금 가라앉았다.

빙글빙글 돌던 침대가 제 자리를 잡은 모양이었다. 눈을 뜨니 투명한 붉은빛이 잦아지고 있었다. 이윽고 창문으로 붉은 아침햇살 한 자락이 흘러들어왔다.

할매가 싱크대 앞에 서서 아침을 준비하고 있었다. 민아가 간이침대를 정리했다. 손에 닿은 베개가 젖어 있었다.

"할매, 더덕 냄새 좋네. 오늘 아침엔 더덕무침이가?"

"야~가 뭔 소리고. 웬 더덕 냄새? 더덕무침이 먹고 잡나?"